花开花落
YOUTH DREAMS
2

最年华·微博人生：一直悄悄关注你

卞庆奎◎主编

一直悄悄关注你，
你不说，
我也不懂。
想必，等我们都回北京的时候，
微博中的桃花也该开了。

U1001219

时代出版传媒股份有限公司
北京时代华文书局

初织“围脖”

他在微博上给我留的那些评论，让我隐隐有些尴尬，要说过分吧，人家也没说啥太露骨的，可是仔细琢磨吧，这小子真有点儿胆大妄为的意思。

高中学习很紧张，老班开口高考闭口高考，动辄你们要如何如何，万不可如何如何……这两个如何如何，可以依据情况的不同，填充不同的词汇。譬如你们要认真学习，万不可天天打球了；又如你们必须树立考个好大学的现实理想，万不可偷偷摸摸到网吧里去玩……当班主任如此这般煞费苦心叮咛的时候，我等总是异口同声地答道：“知道了！”当然，大部分时候我们还是很乖的，偶尔背着老师也会搞搞怪。

以前班里流行聊QQ，最近大家的兴趣转移，都玩起了微博。我不以为然，觉得可能只是一阵风罢了，因为曾经有段时间大家忙着在“农场”里“种菜”，个别同学半夜居然定闹钟起来“偷菜”，本姑娘对他们一不怕苦、二不怕累的大无畏精神真是佩服得五体投地。可是现在呢？还有几个人玩农场呢！

一个学期过去了，同学们对于微博仍旧乐此不疲，我有些好奇，“围脖”真有这么吸引人？好友灵子对我说：“你试试就知道了。”

我一试还试出事儿来了，混迹“围脖”世界不久就招来不少蜂蝶，其中有一个男生以前对我就颇有好感，常给我送吃的，看我的眼神也跟一般人不一样。他在微博上给我留的那些评论，让我隐隐有些尴尬，要说过分吧，人家也没说啥太露骨的，可是仔细琢磨吧，这小子真有点儿胆大妄为的意思。譬如他看我微博上写道周六去公园了，就在评论里问我：“我也很想去那个公园，下次你去的时候记得给我打电话，我陪你去，这样多好啊！”我晕死了，我要是约一个男孩子去，倘若被我妈或者老班知道了，即使我有几条小命也不知道怎么死的啊。诸如此类稍微有点儿不靠谱的言论，他发表得实在是太多了。

实事求是地讲，现实生活中，男孩其实不让人讨厌，在QQ上我们或许吵过嘴，在微博上我也骂过他，可他还是有很多优点的，我觉得他性格特开朗，对生活、学习、感情，都有独特的见解。而我也常以个性和有思想自居，因为观点不同，我们在班上也不止一次地发生争吵，然而越吵我们还越熟悉了。

渐渐地，我发现我们聊得最多的不再是学习和生活了，而是感情。对于高中生来说，这个话题是很敏感的。但在我们看来，却很轻松，他说："两个人在一起，最重要的不是情，而是信任，如果没有了信任，那么感情再好的人都会分开。"而我则觉得在不在一起，最重要的是那份感觉。如果两个人居第一位的不是因为感情，那多没劲啊。因为观点相左，我们又一次争论了起来，最后他笑着说道："我输了，我输了。"过了一会儿，他突然问我："你觉得我这人怎样？"问号盘旋在我的脑海中。

"怎么问起这个来了？回头我在微博上告诉你。"我有点儿不好意思了，回去之后，我没再理他，觉得这人有点儿烦。

第二天，他在微博上私信追问："你的答案呢？"

晚上回家，上网看到私信之后，发现他微博在线，就告诉他："你还惦记这事啊。我觉得你这人一般！"

"天哪，只是一般吗？害我和你聊那么久，吵了那么多，白费口水，哦，不，是浪费力气兼精力。"

"随你怎么说吧！"我不想再跟他说这些了。

"唉，算啦，不说了，我认真的……"

"再认真关我什么事。"我给他发完这条信息，逃离了微博，长吁了一口气。

现实中，我在想，这算不算是网恋？可惜，我想破脑子也没想明白……可能是，但是，这很局限的，就像过眼云烟。"寒风中，废墟烟云，停止转动，一切落空，在大海中，盲目跟从，别人的梦，全面放纵，恨没有用，疗伤止痛，不再感动，没有梦，痛不知轻重，泪水鲜红全面放纵。"就拿这话结尾吧！

（马静）

我被微博撞了一下腰

一路上，美莲不停地拿手机拍照，说是上传微博，我说：“别拍我，不然人家该知道我们在一起了。”美莲愣了一下，点头道：“嗯，还是你考虑得周到，我怎么没想到呢！”

面朝大海，春暖花开的时候，我的心对一个叫美莲的女孩敞开了，我跟她同学五年，一直都是很要好的朋友，但是到了高二的时候，我们之间的关系却发生了一些微妙的变化。

一天，美莲给我发来私信，约我去公园玩。我在微博里回复：“都谁去啊？”她在线等着我的消息，回复很快过来了：“就我们俩，还不够吗？”我高兴得差点儿跳起来。这可是我第一次跟女生约会啊，有一点儿期待、有一点儿心跳的感觉。

约会那天正好是周日，一大早起来，我就在微博上写下：今天办件大事，去和心爱的姑娘约会去！我的那些哥们儿，也都是些无聊的主，居然回复得贼快，一个个嘲笑我，说我又吹牛，还说这条件哪有什么心爱的姑娘会看上呢！我有些气恼，可又不想反驳。

吃过早餐后，我穿上新买的衬衫和西裤，对正在看电视的老爸老妈说：“我跟同学们一起去玩了。”然后就骑上自行车冲出了家门。在路上，我买了一束红玫瑰。到了约会地点公园，我就直奔湖边的凉亭而去。刚走到凉亭边就看见了她，这时她也看见了我，四目相对，她的脸一下子就红了，羞涩地一笑，说，你怎么现在才来，我都等了10多分钟了。我说，还不是为了买一束玫瑰花来送给你。然后就将手中的玫瑰递过去。她甜甜地一笑，双手接过来，放在鼻子下面嗅了嗅，然后抱在胸前甜蜜地笑了。然后我们就牵着手从湖边慢慢地往前走。

湖里有不少小船往来穿梭，夹杂着一些孩子的笑声。

“美莲，去划船好吗？”我问道。

她拍着手，说，好呀，走吧！

我们跑下台阶上了一只脚踏船，将船驶向湖心。一路上，美莲不停地拿手机拍照，说是上传微博，我说：“别拍我，不然人家该知道我们在一起了。”美莲愣了一下点头道：“嗯，还是你考虑得周到，我怎么没想到呢！”

我们接着玩。突然，美莲把手伸进水中，不停地用手击水泼我，我马上也用水泼她，两个人一边泼水一边嬉笑，不一会儿都成了落汤鸡，互相望着对方的狼狈相哈哈大笑起来。笑够了，她说不想划了，我便伸手帮她理了理头上的湿发，将船驶向岸边，靠在小码头上。两个人牵着手，沿着台阶走上了岸。

上岸后，我提议去坐过山车。她立即响应，好呀，去坐过山车，很久没有坐过山车了。

过山车开动起来，飞快地冲上山坡，她吓得眯上了眼睛，伸过手来用力抱着我，我用手拍了拍她的肩膀说，“有我在，不用怕！”忽然过山车猛地冲下坡，她马上又大声尖叫起来，连我都被她吓了一跳。随着过山车上坡下坡，她一路尖叫不止。

我们下了车。她还是用手紧紧地抱住我，我只好摇摇头说，女生真是奇怪。她忽然莫名其妙地像梦醒了一般问我：“你怎么这么坏，谁叫你抱住我的？”啊，不是你先……

这时突然有人在后面叫我：“表弟，你怎么也来这里玩了？”我们转头一看，原来是我表姐，马上就愣住了，呆呆地站在那里……我求表姐，让她不要将事情说出去，表姐答应了，可是我们坐过山车的照片却被人拍照传到了微博上，虽然我们素不相识，人家也并无恶意，可是微博转来转去，这事儿最终还是让学校知道了，我们都被班主任请去“喝茶”，还被请家长……

这就是我的第一次约会，有一丝甜蜜，又有一些酸楚。有首歌叫《我被青春撞了一下腰》，我想写一首歌叫《我被微博撞了一下腰》……

（吕权）

天上掉下个好妹妹

“哥，你回来了！我喜欢你那间，大一点儿，我的东西多，只好让你也搬一下了。”莉莉从原本属于我的房间里探出头来。“谁让你搬的？”我有点儿生气了。“唉，我在微博上给你私信了啊！”莉莉一脸无辜。“可我也没说同意啊！”我郁闷极了，今天出门办事，压根儿就没时间上微博。

自从哥们儿小凯搬出去以后，两室一厅的房子就只剩下我一个人。房租我倒是能够负担，只是没了哥们儿，一个人喝酒很是没趣，干脆把酒戒了。但当我渐渐已经习惯独处的时候，舅妈突然打来电话，告知她家邻居——小姑娘莉莉要来这边工作，单位不提供住处，希望我能够发挥一下作用，予以照顾。并说莉莉已加了我的什么“围脖”，小姑娘马上会跟我联系。

舅妈的电话刚撂下，莉莉就通过微博私信跟我攀谈起来。

“哥，我明天的火车，后天到京，到时候少不了打扰你。”

“不客气，我正好少个伴。来吧，你想住多久住多久。”

“太谢谢了，请告知电话，还有住址，到时联系。”

哥们儿小凯不无揶揄地说：“你舅妈真会照顾人，刚毕业，就给你找一妞儿。”我回道：“人家小姑娘稍稍过渡一下罢了，住不了几天的。”

“我看未必，反正你也单着，看着合适就收了吧！”小凯一脸的坏笑。

我心想，娇滴滴的小姑娘就要来了，咱这狗窝也该收拾收拾了，不然都没办法下脚。过去和小凯一起住的日了那叫一糟糕：客厅地板上是横七竖八的酒瓶子，桌上是狼藉一片的杯盘，两个房间的床上全是歪躺着的烂醉大男人，或许会是一个在床上，一个在地下。小凯走了，我还是不喜欢收拾房间，除了不再日日醉酒，烟灰缸里的烟蒂比过去多（酒戒了，改抽烟了），其他没有实质性的变化。为了迎接莉莉的到来，我耐心细致地把房子打扫了一遍。

莉莉进门之后，点头赞道："挺好，挺好！"随后就进了为她预备的那间房。

第二天，我回到家——姑且称为家吧——竟被吓了一跳，第一眼发现的情况是自己的东西全被扔到了客厅：我的画架歪歪地倚着墙壁，颜料洒了一地，我的书、我的画被堆在客厅的中央……我差点儿怀疑自己走错了，可是我的钥匙只能捅开自己的房门，这一点足以证明我没有"私闯民宅"，只不过我的房间早已鹊巢鸠占。

"哥，你回来了！我喜欢你那间，大一点儿，我的东西多，只好让你也搬一下了。"莉莉从原本属于我的房间里探出头来。

"谁让你搬的？"我有点儿生气了。

"唉，我在微博上给你私信了啊！"莉莉一脸无辜。

"可我也没说同意啊！"我郁闷极了，今天出门办事，压根儿就没时间上微博。

"沉默不就代表默认嘛！"莉莉仍旧一脸灿烂，让我都不忍心骂她。

算了，别跟小姑娘一般见识了，我暗怨舅妈，这是给我送来一尊活菩萨啊。我皱着眉开始收拾东西，忙到半夜才将自己的东西整理好。心里充满了怨恨，这个野蛮的"入侵者"！简直莫名其妙！

最让我无法忍受的是，她晚上有做面膜的习惯。女孩儿都爱漂亮，这也无可非议，只是不应该糊着脸，而且她做面膜的时候还不卸口红，穿着白色的睡衣在客厅里吓人，半夜三更的想想都让人觉得不寒而栗。

我在微博上感慨："来个小妹妹，整天鬼灵精的，让人受不了。"

莉莉挺委屈地评论："我哪里让你受不了？"

"未经我同意私自换房就不提了，晚上客厅贴面膜就让我受不了。"

"以后我在卧室贴。"

"那是再好不过了。"

"晚上回来早些，我请你吃饭，给你赔罪！"

这还差不多。

当我回到家里，热腾腾的饭菜已在等着我了，这让我很是感动。不过，莉莉的厨艺其实并不比我高明。她煲了一锅汤等我回来喝，盛在碗里的是很多杂七杂八的小鱼，腥腥的，当我直皱眉头的时候，她调皮地一笑："这是马赛鱼汤，很著名的法国美食。我是摄影记者，到处跑的，相信我，没错。不过，我本来是想煮鲫鱼汤的。”

她会煎出蛋白焦得发苦而蛋黄还没有凝固的鸡蛋：“外焦里嫩，这是煎蛋的最高境界，营养丰富。不过，下次我会记得多放点油。”

如此这般的歪理邪说逗得我直想笑，说实在的，菜烧成这样也实属不易。不过，确实如她所说，就一次，绝没有下一次机会再犯同样的错。

小凯问我：“怎么看你们家那位小妹妹？”

我纠正道：“莉莉，不是我们家的。她是她，我是我。”

“不是你们家的，那是我们家的？”

……

小凯走后，莉莉屁颠屁颠地出来，把她拍的照片给我看，我为她的广阔视野而惊奇，原来这个城市还有这么多可爱的地方！

“是呀，可爱的地方多着呢！只要你有一双善于发现的眼睛，将会发现大自然有多美！这份工作非常适合我的个性。”她笑着说。

随着接触的增多，我感到莉莉越来越听话了。我要画画时，她会很细心地为我调好颜料；我正在画画时，她会很乖地在旁边看我作画，或者跑到客厅，一个人静静地读书看报，等我画完了再过来；画完了，她把画很小心地平放着阴干，然后一边洗调色盘，一边侧着脑袋问：“兄弟，几时开画展呢？”

“等画完100张吧！”我回答。

“哦，那你要抓紧时间继续努力了！”她拿出欣赏的目光看着我和我的画，让我觉得很是满足。

节假日，我会跟她出去写生，带回的画稿，每一幅都会有她化成的墨点；她会拍回好几幅照片，每一张都若隐若现地有我。

接下去的故事，不必我再赘述了，莉莉当然成了我的女朋友。在此有必要一提的是，莉莉搬进了我那间卧室，又有一间空出来了，正好做我的画室。

还有，我已经凑够100张画了，想在学校里弄个画展，记得来捧场哦。到时候，你看到的可不仅是我的画，还有她的摄影作品。我的微博里也会同步发布哦。

（林鹏）

相见就会掉线

谈起微博，总体感觉无聊的男生真的很多。我发现男生的粉丝一般不多，只要稍微有些姿色的女生，微博里都聚满了各式“小狼”，他们虎视眈眈地注视着MM，仿佛随时都有可能扑上去。即便我这个普通的女孩，也有好多无聊的人要跟我交朋友。

最近心情有些低落，也许是因为糟糕的天气吧，满天的阴霾，气压低极了，让人感到胸口仿佛压着石头。

我百无聊赖地待在网上，除了吃饭、上课，基本上没有别的活动。QQ上的朋友活跃的越来越少了，因为我一直隐身，跟大家很少聊。我常常在网上看大段大段的小说，看完，写些简短的感想发在微博上。

谈起微博，总体感觉无聊的男生真的很多。我发现男生的粉丝一般不多，只要稍微有些姿色的女生，微博里都聚满了各式“小狼”，他们虎视眈眈地注视着MM，仿佛随时都有可能扑上去。即便我这个普通的女孩，也有好多无聊的人要跟我交朋友，他们说着或无聊、或挑逗，或下流的话，来扰乱别人的心智，简直就是幼稚，简直就是可笑。

他出现在微博里，像个仗义执言的侠客，严词驳斥那些无聊的人们，总是站在我的立场上，为我说话。我感觉他是个不错的人，悄悄进入他的微博，加他为好友，并且回复“谢谢你为我说话”。

我坐在电脑前，想象着他的样子，我对他说：“你好呀！”他说：“好！”我们试探着了解对方，他显得很坦诚，告诉我他是政法大学的学生。我笑着说那我以后有什么法律上需要咨询的就问你哦，他说好，还说自己立志是当一名法官，当然是一个正直的好法官。“想做好法官，首先要做一个好人！”我感叹道。他连赞我说得很对。

几次在网上接触，我们都聊得很开心。我忘了所有的烦恼和不愉快，只是专心地看着他发过来的话。有一天，我告诉他自己要下线睡觉，他突然问道："你的电话号码是多少？"我迟疑了片刻，痛快地告诉了他。电话号码，我是不轻易告诉别人的，没想到告诉了他。

刚洗完脸出来，就听到手机响，是他打来的。听着他的声音，感觉好极了，他的声音是如此的有魅力，时而像一个成熟的男人，时而又像一个长不大的孩子。在电话里，我们俩聊得更是投机。从那以后，他几乎天天登录微博，还坚持每天搜索一则短笑话发给我，他说要让我天天开心，永远快乐。我们通电话的频率非常高，多半是他打给我的，他的话费节节攀升，我说以后多在网上聊天吧，咱们都是学生，这么高的话费吃不消的，他听了很感动。

几个月过去了，我们俩逐渐发展到了情侣关系。两人除了不见面之外和真正的情侣没什么两样。我们俩聊得很深，聊到了现在与未来，我幻想着以后和他在一起的美好情景，无论是在上课还是休息，都能登录微博了解对方在干什么，我最喜欢看到的就是他反复打出的三个字"我爱你"。我最喜欢听到的就是在电话里，他不停说出的两个字"老婆"，私信里总能看到他为我留下的话"亲爱的老婆，我发誓我将一生一世爱你！请相信我好吗？"我深深地被他的柔情所打动，同样的，他说自己也被我的那种独特的美而吸引。

半年后，我们真的是彼此太了解、太熟悉了，他提出了见面的请求。每一次，我都拒绝了他，理由是我怕失去，他也就没再勉强。

一次我病了，病得很厉害，整整烧了三天三夜，这可急坏了他，又不能见面，又不能总给我打电话，我也是好几天听不见他的声音，更是痛苦难受。病好之后，第一件事就是打电话给他，他激动又关切地问我："好了吗？声音怎么这样？吃药了吗？打针没有？不行要输液呀！"我却笑了，他责怪："你还笑？"我很严肃地说："谢谢你！真的谢谢你的关心。""我爱你！""我也是。"那时的我，真的好想见他，兑现见面吻他的诺言，于是两人约好了见面的时间。

见面的前一天半夜，他打来电话对我说："好像有一点儿发烧，好想见你呀！"

我说："怎么了？吃药没？怎么还不睡？"

他说："只想听听你的声音哎！没想到我这么没用。"

我说："别胡说了。吃点药，早点睡觉，要不然明天我带你去打针！"

他笑道："你当我是三岁小孩啊！"

我们俩都笑了。

终于到了见面的时刻，因为堵车，我晚到了半小时。我的心情特别忐忑，很担心他和我想象中的样子不一样，于是我躲在角落，悄悄拨通他的电话，我看到那边路灯杆下有个男生拿起了电话，我愣住了，那个男生是个光头，脖子上还文着字。这是他吗？可分明就是他啊！我好绝望呀，我唯一的想法就是"失望"，我想走，马上离开，可是又觉得不太礼貌。就在我犹豫的当儿，光头男孩拿起了电话，我的电话随之响了。

"你在哪里啊？"声音还是那个声音，但是远处那个人让我觉得如此陌生。

"对不起，今天我不舒服，去不了了。"我有点儿尴尬。

他似乎很失望，勉强撑起来："没，没关系。下次还有机会……"

那天晚上，我的心情好乱，一个人在大街上，心里空荡荡的，我哭了，在大街上哭得好厉害。哭过之后，我觉得心情好多了，并且恍然大悟，也许自己爱上的只是和他在网上交流的那种感觉，而不是现实生活中的这个人。

（龙莉）

微博上的女孩

我好几次试图与她搭讪，可是又找不到合适的借口。于是我在她的那条微博上留言，说我看到你了，请问你是哪个班的？可是女孩并没有看手机，也就不可能注意到不远处的我。

那天是愚人节，又是周日，同学们都出去了。为了不被同学捉弄，我独自一人躲在宿舍里玩手机。我在微博世界里遨游，忽然发现一个MM在微博里写道："此刻，我独自在××职业技术学校的图书馆里，窗边有一尊孔子雕像，我和他一样静坐着，心静如水。"

看头像，这女孩长得还不错。我乐了，这是哪班哪个女生呢？强烈的好奇心，促使我离开宿舍，来到了图书馆。图书馆里看书的人不多，显得特别安静。不远处坐着一个长发女孩。她正在看一本娱乐杂志，不时地撩一下垂到眼前的长发。那长发像一首怀旧的朦胧诗，淡雅清丽，浪漫中透着一丝端庄。在她的窗外，正是那尊孔子塑像。

我试图收住狂奔的念头，思绪却如山涧中的激流，撞击着我的心房。我用手支住额头，佯作沉思，从缝隙间捕捉女孩儿的一举一动。

我好几次试图与她搭讪，可是又找不到合适的借口。于是我在她的那条微博上留言，说我看到你了，我也在图书馆，请问你是哪个班的？可是女孩并没有看手机，也就不可能注意到不远处的我。

一个小时后，女孩走了，留下的只有淡淡的柠檬香。

接下来的几天，每天都能见到女孩，我暗自称她"羞面"。每当女孩进入我的视线，我的心就怦怦地跳个不停。我发觉自己已经喜欢上了那个女孩。可是让我纠结的是，这个女孩为什么不回复我的留言呢？我想给她私信，可是她的私信不对我开放。

当女孩再次坐下时，我站起身，鼓足勇气走过去，从书本中摸出那份早已写好的信，递到女孩面前，结结巴巴地说：给——你——的！

女孩诧异地望着我，眼中满是犹豫和怀疑。

我脸上的肌肉变得僵硬，手心已经湿了。我确定，自己的脸一定很红。

还好，她在微博上给我私信了，说愿意和我做个普通朋友。我好开心！

女孩叫萍，是音乐系的学生。与萍相处了一段时间之后，才知道她是个内向的女孩子。一次，我到班级找她。众目睽睽之下，萍面红耳赤，急得直跺脚，弄得我好不尴尬。

或许正如她的名字一样，我无法得知，萍到底会漂泊到何处。

于是，在接下来的日子里，一切便在这戏剧化的情节中继续着。直至有一天，萍和我约法三章：第一，不许到班级找她；第二，三个星期见一次面；第三，若违反前面两条，就say good-bye。

以后的日子里，我就站在萍每天必经的路旁，远远地望着……

一个周末，月牙儿轻轻地摇摆着，草叶上沾满了星光，紫藤花散发着醉人的清香。风吹拂着萍的长发，远处飘来周慧的《约定》：远处的钟声回荡在雨里/我们在屋檐底下牵手/听/幻想教堂里头那场婚礼……委婉深情的歌声，触动了我的心弦。我吻了萍。

那晚，我失眠了。

可能正如别人所说的，爱情就像毒品，是很容易上瘾的。于是，初夏的树荫下，便多了一种期待。在绚烂的暮色中，我们恣意地摇摆……

萍喜欢骑自行车。天蓝色的，那是萍所钟爱的。每天傍晚，我骑车带着萍，到黄河边看日落。萍有一个愿望，去看大海。她向往一望无际的湛蓝、洁白的海鸥、拍岸的海浪、迎面吹来的海风和远航归来的船舶。在我生日那天，我许了一个心愿：将来和萍一起去看大海。

暑假期间，我每天起早贪黑，为快餐店送外卖。父母看到我受这份苦，就劝我别做了。我笑笑，我要自己挣钱，带萍去看大海。

开学了，我带着渴盼，甚至有点儿焦急的喜悦迈进校门。萍的长发已被剪去，取而代之的是流行的“妹妹头”。见面时，萍变得沉默寡言，忧心忡忡。我觉察到了，但我不想说破，也不愿。

一个深秋的晚上，萍打电话约我出去。外面下着雨，雨打芭蕉的声音，凉凉的。萍一反常态，说话东拉西扯。我没有说什么，一切没来由地陷入一种无言的尴尬。

第二天收到萍的私信，信中她告诉我，她转校了，去念高中，将来高考，上大学，不想再在中专学校里浪费青春了，还劝我读自考，别荒废了学业。我潸然泪下，我知道她只是我微博上的一个女孩。

（小浩）

我们微博见

大家每天上网，看看好友都发布了什么新鲜事情。一个人发条信息出来，几个人都上去留言、逗乐，这种侃大山的交流影响着我们的情绪。在微博上，我们会抱怨生活，抱怨工作；骂骂剥削劳动力的老板；议论该死的客户等。朋友们经常联系，便不觉得自己孤单。

上大学时，我有了第一部手机，一向爱惜自己的我，一到晚上10点来钟，就会关掉手机睡觉。这样做的原因很简单，一个原因是担心产生辐射影响身体健康，另一个原因也是不想有人大晚上的把自己吵醒，也会妨碍舍友休息。这样的习惯一直坚持了四五年。时光飞逝，岁月如梭，每天过着复制般的生活，奔波在北京这个繁华的城市。

由于工作的原因，我认识了一位影响我生活的朋友。整体来说，这个人不是我喜欢的那种格调。他很大众化，特别细心，特别热爱生活，同时又不缺少男人身上所具有的豪气。由于工作的原因，我们经常会打交道，慢慢地有了共同的朋友圈子。我们有个共同爱好，那就是喜欢玩微博。在这个信息发达的时代，先有QQ，再有飞信，再到现在的微信、微博等，身为80后的我们，怎么能out呢？我们几个聚在一起，也是因为都喜欢玩微博。大家每天上网，就是看看微博状态，看看好友都发布了什么新鲜事情。一个人发条信息出来，几个人都上去留言、逗乐，这种侃大山的交流影响着我们的情绪。在微博上，我们会抱怨生活，抱怨工作；骂骂剥削劳动力的老板；议论该死的客户；招呼朋友聚会；分享高兴的事情等。朋友们经常联系，便不觉得自己孤单，每天侃会儿觉得心情很愉悦。通过微博，我们会经常组织一起唱歌、打球、聚会、郊游等。我的生活发生了变化，不再每天复制，不再一直平淡。欢乐多了，便觉得时间过得飞快。

他细腻的一面却让我的心起了一丝涟漪。工作中的接触，以及平时的接触让我们彼此都有了好感，也许是我们的个性都比较好强，很多事情都喜欢埋在心里，却是心照不宣。每次组织聚会，大家在微博里约好时间和地点，我们彼此却又相互咨询，也许是找个借口想多一些联系。

因为一次中国移动举行优惠活动，我办理了来电提醒业务，在打不通我电话的时候都会以短信的形式发过来。第一次收到一条这样的提示短信，就来自他，那是他半夜一点多给我打电话的信息。当时我觉得这么晚打电话肯定有事情吧，于是我就回了电话过去，他告诉我说晚上喝多了，估计瞎拨出去了。后来还有几次也是这样。接触得更多了，我了解到，原来他喝多了之后就想找个人打电话。

后来有一次，他喝多了给我打电话，说了特别多的事情。从交谈之中，我理解了他更多的想法。交谈之中他对我的事情很在意，有些霸道，也有些限制我的交际。他在清醒的时候从来不会这么说，总是一副事不关己的样子，总是说那是你自己的事情你自己做主吧，可是酒后就有些霸道。我还是喜欢他酒后的那种霸道，这种感觉会让我觉得他很在意我。从此我便晚上不再关机。

在我逐渐想要靠近他的时候，却发现他在逐渐离我远去。曾经有段时间，是我心情最低落的时候，我常常躺在床上好几个小时睡不着觉。那段时间，他在和一个女孩交往，以前他QQ在线总是一直跟我聊天，可是自从那个女孩出现之后，他在线便不是为我。我很明白他的性格，平时他不会没事上QQ，他也不属于那种类型的人，所以我心里什么都明白。我上QQ看着他在线却不跟我聊天，心里很不愉快，而我却没有任何理由向他说这些。那个女孩的出现，导致我们之间的联系由经常变成偶尔，我想知道他更多的动态，只能上微博。了解他的爱好，看看他上传的那些照片，看看他朋友圈子的留言以及他的回复便知道他去什么地方玩。他没有叫我一起去，我很失落，更加觉得距离很远。那段时间我很苦闷，放不下，又不能开始，不能说，只有埋在心里。郁闷的情绪，导致精神状态不好，所以总是会失眠。

好不容易熬过了那段低迷期，自己总算放开点了，我跟自己曾经有个赌约：如果我生日那天他记得我便继续，如果忘记我就彻底不在乎，彻底放弃。可是他真的忘记了，我心里凉凉的，我真的不打算在意了，怕自己一直在受伤。因此，之后我说着一些带有讽刺的话；一些漫不经心调戏的话，故意要伤害他。虽然表面上我说得更多了，可是心里却已经打算要让他过去而不去再在意，而他也许不明白这是怎么回事。

随着那个女孩的消隐以及工作的原因，我们一直在接触着，一直这样漫不经心地联系着，可是不知道从什么时候起彼此的感觉又不一样了，没有了距离感，很肆无忌惮，我也说不明白这样的感觉归属于哪一种。正如那种爱与恨的纠缠，纵使几千万年，爱始终无法摆脱恨一样。我们几乎每天都不约而同地在微博相遇……

（川川）

博友见面记

过了很久以后，他才私信问有没有让我失望。我故意刺激他："没啊，多亏了我强壮的心脏和超强的适应能力，我挺过来了。见过你以后我终于修炼到了武学的最高境界，即'入青蛙丛中，胜似闲庭信步'，嘿嘿……"

我是去年8月份开始织"围脖"的，那会儿呆头呆脑，典型一无知青年。嘿嘿，不敢妄称"少女"，免得有用工业酒精"甲醇"（假纯）害人的嫌疑。写微博没多久，一次我对当下教育制度进行了严厉的抨击，不料引来很多针锋相对骂人的，我从没遇到过这阵势，顿时惊慌失措，这时候他出现了，仗义执言为我一一反驳，帮着我把那帮可恶的家伙给教训得酣畅淋漓。接下来的事也毋庸赘述了，我对他先是感激涕零，然后我们经常性联络，再然后觉得网络上聊不过瘾，就转为电话聊。这样的"网聊"加"电聊"持续了一个多月后，我们就要不要见面展开了"激烈"的讨论，最后决定，为了解除彼此的好奇心——见面！

大家平时都没空，所以只好周末了。周六下午来，周日上午走，也就是说他坐了几个小时的火车，却只能逗留不超过一天的时间。当时害得我因此感动得差点儿爱上他(当然这是不可能的)。

我们还约好了暗号，为了怕人多认不出，当时决定我穿一条蓝色的牛仔背带裙。

约定见面那天，从早晨开始我就心神不宁，毕竟是第一次见网友啊。一个你本来这辈子永远都不可能认识的人，将从网络的那端走过来，活生生地站在你面前了，你能无动于衷吗？

我可以极力装作若无其事的样子，但我不能不注意自己的淑女形象。我洗了个头，然后穿着那条蓝色牛仔背带裙出发了。

“咚，咚”，门开了，这时候不知怎的，我感到一阵莫名其妙的紧张，下意识地低下头。就听他说：“哈哈，背带裙，是你了。”接着他坐在我对面，我终于见到他了——时间仿佛就此停住。

我呆住了，我发誓，天地良心我真的没有任何企图想过要他爱上我或者我爱上他，我只是好奇而已，我已经有思想准备了，我知道并不是每个男孩子都是帅哥。可是，我呆住了，什么话也说不出来……他后来恶狠狠地对我说：“我永远都不会忘记你第一眼看到我时的表情。”当然，这都是后话了。

一起吃饭时，我拼命地盯着他看，为的是让我的眼睛尽快地适应他。然后我们又说了很多很多的话，一起出去happy，随后送他回酒店。第二天，我们依依惜别，并送他上了火车。

他们说网友见面99.9%见光死，奇怪的是，从那以后，我俩在微博里或者QQ上遇到居然还会聊得不亦乐乎，电话还是保持着原来的频率。我们的交情并不因为他是只“大青蛙”而有所改变。

痛定思痛，得出一个结论：能经得起见面考验的感情——不论友情还是爱情——都是好感情。其实容貌外表真的不算什么，关键还在于他这个人。

过了很久以后，他才在私信里问有没有让我失望。我故意刺激他：“没啊，多亏了我强壮的心脏和超强的适应能力，我挺过来了。见过你以后我终于修炼到了武学的最高境界，即‘入青蛙丛中，胜似闲庭信步’，嘿嘿……”

然后，我就看到他的回复：坏丫头，当心我一时冲动拧断你的脖子！我在电脑前伸了一下舌头。

（大眼美眉）

牵手微博

女孩在微博上写道："过去我不相信一见钟情，现在我信了；过去人们说网上的一切都是虚幻的，但现在我不这样认为，我觉得微博是真实的。"

有没有人在微博上相识，然后定下终身？答案是肯定的。

去年冬天就要过完的时候，女孩在微博里被一个男孩盯上了，起初女孩没有在意，看着男孩说着那些莫名其妙的话，直接过滤掉，对男孩不理也不睬。可男孩依旧穷追不舍，每天都要发一段表达爱慕的话，诸如："有了你，网络变得不再虚无，有生命力。""我关注你很久了，觉得你真是这个世界上最动人的女孩。""多想认识你啊，我有这份幸运吗？"……

奇怪的是，女孩不但没有拉黑对方，反而习惯了男孩的骚扰。有一天，男孩告诉女孩，他给她发了一封电子邮件，让她自己打开看。可遗憾的是，女孩打开之后，邮件里面是乱码，但是她很想知道那个打不开的电子邮件里面写着什么。

女孩第一次通过微博主动联系男孩，问他发的是什么？男孩回复："你私信给我吧，告诉我你的电话号码，我打电话跟你说。"女孩迟疑了片刻，最后还是把电话号码告诉给了对方。

他们通了电话，男孩告诉女孩，那封邮件里是他的个人简历，还说这是他用来找工作的，现在希望能够用来找到一份感情。这天是星期三。

星期四，他们通话从晚上7点一直持续到深夜12点；星期五，他们还是如此；到星期六的时候，他们商量是否要见面，但是在挂电话前，决定还是不见面。女孩说起喜欢张国荣的歌曲《风继续吹》，电话那端说你等一等，不一会儿女孩就听到了那首动听的歌。此时此刻，女孩觉得自己的世界被歌声所围绕，也被爱所充满，整个世界因为有了爱而更美好，她从心里感受到自己是多么喜爱浪漫，喜爱诗意的生活。

大约早晨9点，电话铃声把女孩儿吵醒了。男孩告诉女孩，说他一夜未眠，说一定要见到她，他说你不要告诉我你穿什么，长什么样，我一定能认出你，他们相约在一个公共汽车站见面。

这是一个冬日的中午，在那个公共汽车站，女孩并没有发现让自己怦然心动的人。但是当她转过身的时候，忽然发现马路对面有一个像阳光一样明媚的大男孩，个子很高很帅，他在向她微笑，笑容温暖得像他胸前的羊绒围巾。女孩也笑了。男孩穿过马路对她说：我早认出你了，你看，这并非一件困难的事，对吗？

男孩随手把围巾解下来给她围上，那一瞬间，女孩觉得他们像认识了一千年，那是一种很自然很亲切的重逢式的感觉。

后来他们上了地铁。车厢里人很少，男孩摘下手套，他对女孩说你就抓着我吧。一路上，女孩感到从未有过的安心和踏实，如果说这个世间有真实的浪漫，那就应该是此时此刻吧。这样的感觉，女孩在梦中憧憬了无数次，却是第一次亲身感受，那种温暖、那种感触让她觉得这个冬天并不是这么冷。她把自己美好的心情写在了微博里，不想跟别人分享，只想告诉男孩，她和他在一起，心里有多么快乐。

再后来，他们在微博上相约去爬香山。上山之后，女孩觉得自己真疯狂，这么冷的天，山上的人很少，也没有风景，到底要来看什么呢？上山的时候，男孩望着女孩的眼睛，认真地说：我发誓，将来我一定要娶你做我的新娘。

他们开始像真正的心有灵犀的恋人一样，彼此相信缘分，甚至冥冥之中相信了前生后世的传说，互联网是这个传说的一部分，因为正是通过互联网，他们终于在茫茫红尘的今生找到命中的对方。他们甚至开始憧憬未来的共同生活，谈到了双方的父母和将来的小孩，女孩脸红红的，对未来充满期待。

一切都浪漫得不能再浪漫了，在学校附近的一家饭店里，男孩和女孩约了几个朋友一起聚会，他们唱着歌，喝着酒，吃着菜，开着各种各样的玩笑。最后的最后，男孩当着所有人的面，撕开了一个可乐瓶子，做成一个指环，非常郑重地单膝跪地道：我的天使，请你嫁给我吧！

女孩笑着接过指环说："疯子！地上脏兮兮的，赶紧起来吧！"

"你叫我起来，就代表答应了哦，以后可不许反悔。"男孩不依不饶。

这是一个至今都很圆满的真实的恋爱故事，它发生于去年冬天。女孩在微博上写道："过去我不相信一见钟情，现在我信了；过去人们说网上的一切都是虚幻的，但现在我不这样认为，我觉得微博是真实的。网上的一切对于认真的人都是真实的，只是真实得像一场让人难以置信的梦，梦醒了，你会发现生活还是真实的，但因为有过梦，有过那么美好的过程，所以让我们觉得一定要彼此珍惜。"

（江鹏）

“围脖”时代的爱情

我关注了他的微博，每天都情不自禁地上线，希望从微博里，了解他的行踪。但他很懒，热衷转发微博，自己很少动笔。即便写，寥寥数语就结束了。一天，我再次打开微博，系统提示我新增了一个粉丝，点开详看竟是李昂，他还给我留下评论：我看好你哦！

我和李昂是同班同学，我们经常一起去图书馆看书，我对他有种怪怪的感觉。他长得很帅，谈吐也很文雅，是宿舍女生经常谈论的对象。难以抑制的，他已经植根在我的心里。可是，周围仰慕他的女生比比皆是，他又怎么会注意到我呢？

我痛恨这种遮遮掩掩，爱一个人却又羞于表达的懦弱行为，可又怕太过直白显得唐突，因此只能把这份爱恋放在心里，时间越久，所受到的煎熬就让我愈加痛苦。偶尔看到李昂与别的女孩谈笑风生时，我就会很伤心；每每在暗夜里想起他的时候，我的心里都很酸，酸到了鼻子，忍不住会哭。犹豫很久，终于下定决心要向他表白。我无法忍受自己不去努力，就眼睁睁地看着别的女孩将他从我的身边抢走。

可是当着他的面，那简单的几个字却难以说出口。我关注了他的微博，每天都情不自禁地上线，希望从微博里，了解他的行踪。但他很懒，热衷转发微博，自己很少动笔。即便写，寥寥数语就结束了。一天，我再次打开微博，系统提示我新增了一个粉丝，点开详看竟是李昂，他还给我留下评论：我看好你哦！我欣喜若狂，在微博里写下：“喜欢一个人，过去默默地关注着他。终于，他也留意到了我，可是，我们之间能有交集吗？真的很想知道。”

不到两分钟，收到新评论，还是李昂：“小丫头，喜欢上谁了？干吗不跟人家直说呢？”

看着他的头像，我鼓起勇气点了私信，告诉他我喜欢的那个人就是他。私信之后，我心情忐忑，希望他接受我。

第二天，李昂找到我，单刀直入地表示："其实你是一个优秀的女孩，就是胖了点！"我愣在原地，不知道应该悲哀还是应该庆幸。悲哀的是他没有接受我，庆幸的是他也没有拒绝我。我对自己说："至少还有希望对不对？"也难怪李昂嫌我胖，在这个以瘦为美的时代，哪个女生不希望自己体重比鸿毛更轻，身材比排骨更瘦，走路若杨柳扶风呢？可我68公斤的傲人身姿，委实不敢恭维。

我在微博里写道："为了他，只要我能够做到的我都会努力去做。减肥算什么？我一定要努力去实现！"李昂告诉我："你一定可以的！"那天晚上，我梦见自己成功地瘦了下去，和他一起手挽着手站在教堂里，我穿着婚纱，戴着他送给我的戒指，笑得一脸灿烂。

我开始节食减肥。节食的过程有点像自虐，每天早上我只喝一杯低糖豆浆，中午在食堂打两份素菜一两饭，饭是不吃的，看看解眼馋，晚上就吃一个梨再喝杯水，把肚子骗饱。至于肉，想都不敢想，实在馋的时候就吃个鸡蛋。这样持续了两个星期，终于瘦了2斤。可是在我看来，实在太慢了，这样下去，得到猴年马月才能瘦到理想境界啊？万一有人乘虚而入将李昂抢走了，那我岂不是叫天天不应，叫地地不灵？

那天在图书馆里，李昂安慰我："成效显著，继续努力！不过，我觉得光靠节食减肥远远不够，必须得好好锻炼。"这我赞同。

于是，我每天晚上都去操场跑步。跑步可以算是世界上最艰难的事情，本姑娘天生体质差，记得高三时的800米跑差点儿要了我的命，最后实在跑不动了，只能走到终点。而且我有一种非常不妙的感觉，每当我跑步的时候，全身的赘肉就开始不断地抖动，让我有点儿喘不过气来。第一天，我凭着自己的毅力，硬是在黑夜中跑了1000米，跑到最后我忍不住停下来大口大口地吐了起来。第二天，我继续不懈地努力，在黑暗中拼杀1200米，我尽力调整自己的气息，把步子迈大。虽然感觉万分痛苦，我也一定要撑下去，性格倔强的我不允许自己在这个时候放弃。第三天，第四天，我又来到了运动场……就这样，我一直在坚持着，虽然每天花上20多分钟，只跑了那么几圈，但我相信付出终有回报。这样做，最直接的后果是我严重感冒了，咳个不停。

李昂皱着眉头对我说："整天咳咳咳，你受得了我还受不了呢！"说完递给我一盒"白加黑"，然后又叹息道，"看你这样，可怜哪！"那一刻，我感动得差点儿掉下眼泪。我自作多情地想，也许他是在乎我的。尽管后来李昂解释："那是我前几天感冒药买多了，没用完才施舍给你的。"

过了一段时间，我感觉自己瘦了一些，去找李昂，见到他，我无法抑制自己激动的心情，喃喃说道："我会一直努力下去的，你觉得我瘦些了吗？"

李昂将我上下打量了一番，说："哦，是瘦了那么一点点。"

看着他漫不经心的样子，我肺都气炸了。"我明白了！我一定会做到的，你就等着吧！"我丢给李昂一句话。

在网上，我也喜欢和朋友聊聊减肥的话题，说说不开心的事。不少姐妹在微博上交流减肥心得，有个网友劝我采取苹果清肠瘦身法，并称虽然苦点，但非常有效，她试过，半年瘦了30多斤。那时，我已经瘦到了124斤，如果再瘦30斤的话……乖乖，半年之后，我就可以得到李昂的爱了。在这位姐姐的鼓励之下，我开始尝试苹果清肠瘦身法。

这种瘦身方法说起来简单，但做起来挺折磨人的。我每天只能吃下1—2个苹果以代替一顿正餐，平时拒绝油腻荤腥，终于一周过去了，一个月过去了……挺过一个周期之后，就比较容易坚持了，我慢慢地适应了这种饮食结构，晚上也不再觉得饥饿难忍了。这样，到了第二个月15号的时候，我成功地把体重降到了118斤，整整减掉了6斤。

在减肥的过程中，我唯一的心灵支撑就是李昂，想起他，我便信心百倍。记得有一次李昂踢足球的时候伤了腿，我买了苹果送给他，他告诉过我踢足球受伤是常事，以前初中的时候他就受过伤，每到运动或是天气不好时就会痛。所以一到下雨天，我就会在心里默默念叨，不知道他现在还痛不痛。

苹果清肠瘦身法坚持了半年之后，效果显而易见——我瘦到了100斤以下，望着体重秤上指针停留在99斤上的时候，我喜极而泣，从136斤到99斤，其中的苦，我想只有经历过的人才会知道！我已经变了一个人了，遇到高中时期的同学，她们都说不认识我了。

可我不知道李昂会怎么想，他有没有正眼瞧过我，有没有对我动过心？

望着他那副懵懂无知的样子，我感到一阵阵心痛。

也许是我的诚心感动了上帝，也感动了大家，班上很多同学都开始撮合我们。10月9日，是李昂的生日。早晨起来，我上线给他发私信，祝他生日快乐，并开玩笑地说："你这个小光棍还没起来吧，太阳都照屁股啦！"

谁知他回过来的消息竟是："拜托，谁是光棍啊？我有女朋友啦！"

对着电脑，我的眼泪当场就流下来了。我这么辛苦地减肥，不就是为了得到他的爱吗？他的一句话一下子将我打入了十八层地狱。我欲哭无泪，酸酸地回复私信，只有四个字：恭喜你了！

过了一会儿，他的私信又来了，问我："你知道我的女朋友是谁吗？"

对那个幸运的女孩，我既羡慕，又有点妒忌，更想知道自己的对手到底是谁，有机会我还想跟她过过招。

"谁？"我追问。

他的回复让我从大悲转为大喜："就是你呀，笨蛋！我在女生楼下等你，快下来！"

这突如其来的幸福，让人难以置信。

（刘颖）

最浪漫的人是不可以相遇的

霞是我在微博里结识的一位博友，她从朋友的微博里发现并关注了我，而我看到她的昵称，也有点像关注她时的心情——霞光万丈，灿烂开心。

无论如何，我都不愿意相信霞只是我生命中的过客，无数个与键盘、鼠标相守的日日夜夜，让我无法忘却。心中的火焰仍在熊熊燃烧，而分手的话已经冷到了冰点，难以启齿的遗恨隐隐还在一分一秒地过，而梦魇之外，我们的那颗放任不羁的灵魂，还能如最初梦想的那样自由地飞翔吗？回答是否定的，我们的故事注定只能是故事，恰如无果之花——虽然姹紫嫣红，待春去秋来，芳花飘零，迎来的却是一片狼藉。

快毕业的人了，应该什么都看得开了，偏偏放不下网络，我一直固执地认为网络虽然是虚拟的，可情感却是真实的。其实，只要真心相对，网络上何尝没有自己要找的红颜知己呢！

霞是我在微博里结识的一位博友，她从朋友的微博里发现并关注了我，而我看到她的昵称，也有点儿像关注她时的心情——霞光万丈，灿烂开心。

通过一段时间的网上关注及互动，我对霞多了一些了解，她是一个在东北上大二的小女生，喜欢看漫画，喜欢吃零食，将生活过得像拼凑的拙劣电影一样随意和无序。一天，我看了她写的关于大学生同居的感言，点了私信聊天，单刀直入地问："你为什么选择这样的成人主题呢？"我不前卫，可是事实上，我却为自己的好奇迈出了实际的第一步。

"现象的一种，我为什么就不能关注呢？"

我一时语塞，不得不坦白："老实说，我有点儿好奇！"

"这不就结了，我也一样，不必假正经！"

霞就是这么一个女孩，一点儿不留情面，把什么事都说得这么直白，从来就没想过要拐弯抹角。在最初的印象里，霞说我有些古板，喜欢装模作样，和她们班那个教马列主义的老头子像极了！只因交谈的时候，我常常会本性难移地摆出一副诲人不倦的臭架子，用一种十分友好并且是大哥哥的姿态告诉她，应该怎么不应该怎么！

她问："你既然能告诉我自己的真实姓名、地址和联系方式，那为什么不问我呢！是不是没有勇气？"

"你已经告诉我自己叫霞了，这就够了。其他的，我想，如果机缘到了，你会告诉我的，为什么要强求呢！"心事懒懒的我这样懒懒地回答她。

"我叫霞，东北××大学中文系的学生。现在是在一家网吧里和你聊天。伟，你知道吗？"

霞是坦诚的，她对我的信任没有任何掺假。她在等待一种超然于物外的美好能够在她睡梦中悄然跌落。网络上的红颜知己只有肯交心的人才有，而她属于肯认真付出的那一种。

再后来，霞告诉了我她的电话号码，作为交换，我将电话号码也告诉了她。某天最无聊的时候，我终于等到了霞打来的第一个电话。

"你好，我是刘伟！"

听筒里却是一片沉默。

霞在我决心要挂掉电话的时候，冲我发话了："我是东北的霞，我恨死你了！"

霞说有一肚子的怨气，她感觉现实生活中的伟和网络上的我完全是另外一个人。而她的悲哀是不知道自己为什么在意我。

"我在室外零下十几度的走廊里给你打电话。"霞对我说。我的心里有一点点感动，她是个敢爱敢恨的女孩，这我领教过多次。

情人节的时候，我收到了霞给我的第一张贺卡，那是一张浪漫的动漫贺卡。我感到和霞的聊天更像一个诱惑，也像一个自掘的陷阱，我发现自己正行走在一个危险的情感边缘。

春节之后，我陡然感到霞变了。我仍旧跟从前一样，而霞却在一步一步地退缩。

"伟，我现在才明白——网络就是网络，为什么你非要我和你在一起的现实呢！要知道，我比你小两三岁，今年才读大二而已！”她突然说出这样的话。

“大二又怎么了，我可以等。我要的是两个人真正的开心，你懂吗？霞，很多时候，我也一直在问自己，你能给我什么？可我知道，无论如何还是对你放不下。”我不管霞怎么理会，只是坚持认为：爱就爱了！我不忍放弃。

尽管她允诺，只要我放弃现实，网络上她什么都可以给我。可我还是固执地拒绝着，我的冰冷和绝情从来没有给自己留任何的退路。

网络的那端，霞说自己趴在键盘上为我哭泣了。

“伟，我什么都可以答应你，但就是找不到你想要的未来。”霞说自己是一个在网上爬行的爱哭的瓢虫。她说：“伟，你信吗？最浪漫的人是不能相遇的。”

为什么？！

容易移情别恋，容易受伤害，容易发生一夜情，甚至连心目中保留的那些最美的东西也傻到要放弃。

还记得我说，相见不如怀念吗？

记得，我叹了口气。

她承认，我的闯入为她带来了不同的风景。我的成熟对她心灵的感知，总是很轻易地看透她心里隐藏的秘密。她是简单的快乐，而我却是冰冷的忧伤。一时间，她忘记了怎么割舍，所以，在网络的聊天当中，她有时进攻，有时却在拼命地退缩。

霞把自己比喻成高高悬挂的葡萄，而我的聪明之处就在于成为狐狸精。她说我永远都对她充满了无尽的诱惑，虽然有时候明知是惹火上身。

听着她的话，我的心里有种说不出的滋味。网络有时候很像游戏，可是它一旦真实起来，就变成了虚拟人生。

故事将近结尾，霞为我写下了这么一段话——

伟：

原谅我所做的真情游戏。正如你所说，我仅是一个大二的小女生，现实生活中，我没有资格来选择爱，所以，虚拟的网络上，我拿自己冒险做赌注，陪你走了这一遭。

尽管我拙劣的表演，很难对你隐瞒太多。可是，至少我是幸运的，在这网络的世界里，我能分分秒秒地感知到你的爱。

我说过“最浪漫的人是不能相遇的”，我觉得这句话永远都是对的。

我们改变不了网络多少，但至少能找到足够的理由克制自己的浪漫。我希望你还是用自己最有限的时间来最无限地爱你身边的人吧！一切终究都要随着时间而过去，我会因与你的际遇一辈子来欣喜，请珍重！

我无言，久久地面对着屏幕……

这就是我在网络上的一场恋情，虽然花开烂漫，然而却是一幕没有结局的戏曲，无果之花，酸酸的。

（刘伟）

真的不想伤害你

开学大概一个月以后的一天，微博新粉丝里的某个女孩似曾相识，因为对方头像太小了，又露着侧脸难以分辨。难道是云？我不确定，进入对方的微博查看个人资料，并留下问话：“你是火车上认识的云吗？”

这个故事有好的开头，却没有好的结局。也许真的如她所说，与她相遇是一种缘分，我也终于在这一刻感觉到了缘的痛，褶褶的，泛着蓝光，在我心里划下一道永远难以磨灭的伤，但我真的不想伤害任何人。

北方的初春依旧寒风刺骨，中转站的候车厅里只有稀稀落落的几个人，显得格外冷清。人们的热情也似乎被室外的残雪给封闭了，只有一团团呼出的冷气证明他们内心的躁动。离我乘坐的火车进站还有将近三个小时，一个人百无聊赖，真后悔没有带本杂志或是随身听什么的，当然有人聊天就再好不过了。候车室里，我的身边坐着两个漂亮的女孩，看样子，似乎也是学生，见我无聊透顶的样子，她们热情地邀请我加入了她们的谈话圈，我也因此认识了云。

大家一起谈得很愉快，只记得云和她的同伴一直在笑，一直笑到我们上车，我这才发现三个人坐的竟然是同一列火车，同一节车厢，去的也是同一个地方，而我们上的居然也是同一所学校，只是她们比我低一个年级而已。

刚才还在担心漫长旅途难免孤寂的我，心情顿时转好了。

印象中，云是个活泼开朗的女孩，性格就像秋天，天高气爽，云淡风轻，清澈得让人看得到底。而她的同伴虽然也很漂亮，但却显得过于冷眼、高傲，天知道两个性格如此不同的人竟然能够成为好朋友！她们俩几乎形成了鲜明的对比。

因为同在一所学校，彼此之间少了些许芥蒂，多了些话题，所以我和她们两个人很快就熟悉了。

那时我知道了云这个名字，她们也清楚了关于我的一切情况。

接下来的几个小时里，我们打了一会儿扑克，然后我就开着乱七八糟的玩笑逗她们开心，也总拿云稍胖的身材当笑料，云似乎很“恼怒”，我的腿上很快就有了云报复的鞋印——她就是这么“暴力”，这么成全我的“怜香惜玉”。

不过这些都是玩笑罢了，她踹我，我却笑得更加放肆了。

一路上我们说了很多话，笑到捧腹不知道多少回。不知情的人还以为我们是多么熟悉的朋友，其实我只认识她们几个小时。

说笑累了，我便睡了一会儿，醒来时云已经靠在我的肩上睡着了，幸福得像恋爱中的女孩。我不忍心吵醒她，于是再次闭上了眼睛。

新学期的开始，暗示着大学最后一年正开始与我擦肩而过，想想四年单纯的大学生活就要结束了，我的心里有点儿惆怅。

毕竟是大四生了，肩头的担子重啊！我开始准备着找工作，忙着在考研大军拼杀一番，也偶尔在清闲的时候想一想那段快乐的旅程，并慢慢地把它忘掉。

学校很大，从那以后，我就很少见到云了，即使偶尔见到了也只是打个招呼而已，而她就像刻意躲着我似的，每次都是匆匆而过。我不知道为什么，也不想知道。

开学大概一个多月以后的一天，微博新粉丝里的某个女孩似曾相识，因为对方头像太小了，又露着侧脸难以分辨。难道是云？我不确定，进入对方的微博查看个人资料，并留下问话：“你是火车上认识的云吗？”

“你相信一见钟情吗？” 她没有回答我的问题，直截了当地回复我这么一句话。没想到竟是这样的开场白，我被吓了一大跳。

“我不信！”还从来没人这么直白地问过我呢！

“那缘分呢？”

“不信，缘分是虚无缥缈的东西，我抓不到！”

“那你信什么？”她似乎有点儿疑惑了。

“感觉，我只信感觉，信我自己的感觉！”那时的我是骄傲的。

“哦！”

“那你相信一见钟情，相信缘分吗？”我没忘反问。

“我嘛？都相信，也相信感觉！”

我问她：“能让我知道你是谁吗？”

“暂时保密，但我不是云！我在网上输入你的名字，轻松就搜到了你的微博。”

在网络的另一端，她说自己总是幻想浪漫的生活，喜欢夏夜一个人坐在天台上看满天的繁星，然后找出她心里最亮的一颗；喜欢冬天在雪地里散步，然后回家坐在火炉旁烤火；喜欢趴在床上看世界名著；喜欢带着手绢去看爱情电影；还喜欢和我聊天，看我的头像在屏幕上闪动的样子，我想我真的有些心动了。

我们继续着所谓的“爱情”，在网络里。我们总是按照上次约定的时间守候在电脑前，然后就漫无边际地聊天，开玩笑，讲故事，听她说她小时候的事。我也给她讲我的童年生活。我们经常聊到深夜，为了不妨碍别人休息，我只好轻轻敲击键盘，我们成了夜猫子兼地地道道的网虫，我不知道自己为什么能够跟她如此合拍，有种奇怪的默契。

有一次，我忽然想起什么似的，问她为什么第一句话会问我相不相信一见钟情？对此，她的解释说：一次她心情不好，独自走在校园里，正好迎面过来一群人，其中一个书生气十足的男孩和她擦肩而过时，他那一脸俏皮却又天真的笑容打动了她，也随之吹散了她心头所有的愁绪……

“于是你觉得自己对那个男孩动心了，觉得那就是一见钟情？”

“是的！”

“那个男孩是谁？我都有点儿嫉妒了。”

“这个人你认识的。”

“我认识？”我颇为惊讶，“谁呀？”

“笨蛋，你连你自己都不认识吗？”

我愣住了，更好奇她是谁，我提出见面，她沉默了，又似乎早有准备地拒绝了我：“我觉得时机并不成熟，我们最好还是不要见面，我不是一个勇敢的人，因为我害怕见面之后，得到的却是失去。”

我不理解，难道她只想要柏拉图式的爱情吗？

那段日子我很苦恼，心里莫名地烦躁，考研复习得一塌糊涂，一切计划都被搅得乱了分寸，闭上眼睛总会有一个自己勾画出的清纯女孩的形象出现。我好像恋爱了，而我恋爱的对象只是一团空气。在这个虚幻的空间里，爱情也被虚幻了，我觉得自己变得越来越真实了。而在现实中我又总有一种被别人监视的感觉，因为我到现在为止也不知道她到底是谁。

我决定摆脱这种虚幻的状态，于是我以不再上网为条件提出见面。我态度坚决地说："如果你继续这样折磨我的话，那我宁愿选择退出或者失去，今天你必须做出一个选择，我受不了这种生活！"

她再次沉默，但又别无选择地答应了。也许这次是我唯一的一次胜利，但这次胜利之果却太过苦涩了。

我们终于见面了，她是云的室友，长得很漂亮，我见过的，那次坐火车的时候，她就靠在云的旁边。而我从来没有注意过她，尽管她是那般出众。第一次见面的时候，我武断地认定自己和她做不成朋友，因为我们俩性格迥异，肯定合不来。如果是云，我会欣然；云的室友，我却呆呆然。

那天下午，我在校道上碰到了云，她朝我走来，我决定跟她打个招呼，顺便把事情问个清楚。云先是对我说自己不想背叛朋友，所以无可奉告，后来又说是她介绍我们认识的。这也正恰恰验证了我的感觉。我很失望，对云，也对那个女孩儿。我像中了圈套的猎物，撒开网，我落荒而逃，我在心里暗下决心，不再沉溺于网上聊天的刺激之中了，或许真的如她所说，当神秘散去，我已经失去了最初的热度吧！

当晚，我就呆坐在电脑前，隐身，给云的室友留言——

对不起，直到现在我才终于明白，你为什么不愿意跟我见面了，我认为这的确是个美丽的错误，我们之间是不可能的，虽然你是那么的美丽，虽然你浑身散发着理智和才气，但我觉得我俩并不合适，你应该找到比我更好的男孩，而这个人不会是我。

在轻缓的音乐里，我只是想对她说："我真的不想伤害你，对不起！"张宇说《曲终人散》，也许真的如此。

（一夜秋风）

一直悄悄关注你

每天早晨，当我醒来还没有起床时，她就霸道地定格在我的脑海里，似笑非笑地看着我的一头乱发。我已经“恋爱”两个月了，每天我都会用手机上微博，总想从她微博的文字中，读懂她的心声，分享她的快乐，分担她的烦恼。

与她相识是在浪漫的秋季，那时我刚考上现在就读的这所师范学校，她像一片秋叶轻轻飘进我的心里。她的出现，成了我生活中一道亮丽的风景线。那时的她活泼好动，宛如一只快乐的小百灵，似乎要把欢乐洒给每一个人，她的名字叫如诗。她的外貌就像她的名字一样漂亮，一头瀑布似的长发，迷人的樱桃小嘴，弯弯的柳叶眉。她是个窈窕淑女，走在风中像一束纯净的茉莉；走在雨中像一朵淡紫的丁香；走在阳光中就像一朵金色的雏菊或一抹银色的亮光，映着年轻而青春的绯红笑靥。

每天早晨，当我醒来还没有起床时，她就霸道地定格在我的脑海里，似笑非笑地看着我的一头乱发。我已经“恋爱”两个月了，每天我都会用手机上微博，总想从她微博的文字中，读懂她的心声，分享她的快乐，分担她的烦恼。

短短的一个学期就这样结束了。简单乏味的假期生活，让我感到了枯燥、沉闷，但心里却无法挥去她在我脑海里的印象。可如诗很久没有上微博了，她在家里干什么？我拿着手机，想得入神。无意之中看了《天气预报》，发现了她所在的那座城市是一座风景如画、气候宜人的海滨城市。从此以后关注每天的《天气预报》便成了我的必修课。你那里下雪了吗？此刻你是否在雪花纷飞之中堆雪人、滑雪橇，享受冬天的浪漫和闲逸？你那里下雨了吗？你是否独自一人撑着红雨伞在雨中漫步，享受着雨打芭蕉的情致和清新的空气？

就要开学了，我又可以见到她了。一个月以来脑海里模糊的那张脸庞，一时之间清晰起来。在我的心里，有着一段美丽的回忆。那时，学校准备组织文艺汇演，要求每个班级出一个节目。我们出的节目是小品，如诗扮演一位执法严厉、一丝不苟的女警，作为跑龙套的我与她配合，感到万分荣幸。排练时，她累得满头大汗，这时我会不失时机地递上一张纸巾献殷勤。这可是表现的好机会。的确，在排练这段时间里，我的心情异常的好，跟她相处我觉得很开心。有一天排练中途休息，我趁她不注意，拿起道具手铐把我的手和她的手铐在一起。我高兴地叫起来："情人铐，看哟，情人铐铐住了情人！"其他的同学都笑了起来。我笑眯眯地看着她，觉得自己是世界上最幸福的人了。真想把此刻定格在我生命的深处，化成永恒。她低着头，沉默不语，脸上泛起了红晕。忽然，她低着的头抬了起来，含情脉脉的目光恰好与我的目光相遇。四目相遇定在半空中，似乎要碰撞出爱的火花。我忽然觉得有点儿尴尬。在我看来，那天她是最美的，而我则是最开心的，多么难忘的一次回忆。

可是开学没几天，我的感情出现了波折。周末夜晚闲来无事，漫步在校园的林荫小道上。刚到文曲湖边时，无意间发现如诗正和一位帅哥窃窃私语，打飞眼，传秋波，花前月下。原来她已名花有主，这对我来说，无疑是一个致命的打击。我沉默寡言了很久，还是A君了解我，一眼看出了我的心事。A君是满腹经纶的校园诗人，人称"徐志摩再世"。右手扶了扶厚厚的"酒瓶底"脱口而出："本班姑娘就是少/况且质量又不好/何必要在本班找/天涯何处无芳草。老兄看开点！"我若有所悟地点了点头，轻轻地挥一挥手，想让这段情随风而逝。

我把我的这份特殊经历埋藏于心底，从不曾向她说起，怕影响她的学业。真希望有一天，她会知道，在远方还有一个人在心底默默地为她祝福，还有一个人经常悄无声息地关注她的微博，希望读懂她的心声。

（晓强）

走出微博

我在微博里给洁儿写了好几条私信，洁儿才象征性地回了一条，但已是明显的应付与凑合。一个星期后，洁儿来了最后一封信，她说她做了一年的梦，就在见到我的一刹那，她终于醒了。她说我欺骗了她……

那时，我正在一所破败的三流学校打发我中学生涯的最后时光。不打架、不逃课也不好好学习，总是不务正业地捧着不三不四的书，偶尔也写些东西。升学无望的18岁，无聊而又茫然。

在报社的文友阿铁向我约稿，催得很勤，我从日记本上撕下几张草稿，也懒得誊抄，便扔给了阿铁。后来阿铁给整理刊用了两篇，却已是面目全非。

洁儿正是看了这两篇文章后，在网上加了我的微博，并给我写信的。洁儿说，看了你的文章，感动得只想哭，交个朋友好吗？

洁儿的话如此真诚，让我无法拒绝。她上微博很勤，几乎每天总要到我的微博里转两三次，每次都会留下只言片语，半年多不曾动摇。当然，我也不曾松懈，大都一一回复，反正我有的是时间。

微博上的来回隔空对话，让我们的心拉近了，敏感多思的年龄个个都是诗人，华丽的辞藻满天飞，洁儿曾在私信中惊叹："你的文笔真美且不乏沧桑感，我喜欢。"渐渐地，我也由最初的应付逐渐投入了真情感。我向这位不曾谋面的女孩倾诉着我的苦闷与感动，真诚如汪洋倾泻而出，不能自已。在我最渴求关注与理解的时候，洁儿的出现，仿佛是一缕凌空而至的阳光。她善良、耐心的劝慰像一根温柔的鞭子，让我羞愧于自己的懒散与堕落。于是，我开始用心于我的功课，实实在在地努力。这突如其来的改变令年迈的母亲惊喜而又惶恐，担心我是不是出了什么问题。我沉默着，暗暗地使劲，成绩虽然提高很慢，但至少是进步了。

通过接触，我知道洁儿的家境很是不错，她读的又是不愁分配的卫校，所以无忧无虑。洁儿的话题常围绕着诸如服饰宠物，所谓的烦恼亦无非是与室友争吵之类婆婆妈妈的事，我总是笑着耐心地劝慰，末了，加几笔诸如天气凉注意添加衣物之类的话。洁儿往往感动，便常会冒出些诸如要与我做一生一世的朋友之类的傻话来。

诉说着彼此的喜欢，分担着点点所谓的忧愁，也开些不着边际的玩笑，网络上的对白如飞梭般穿行于我与洁儿之间，在两个寂寞少年的心空开始编织美丽浪漫的遐想。渐渐地，我发觉洁儿已是我生活中无法割舍的一部分了。

交往了许久，我们一直不曾互相交换照片。正因为没有照片，彼此也便有着一种朦朦胧胧的美维系着。我遐想着，问洁儿，你应该是齐耳短发，有着一张青春激昂苹果样的圆脸，个子不高但却小巧玲珑……洁儿的回复，满是惊奇，你怎么猜得这么准？其实，我的那些描述套在许多女孩身上都是适合的。哦，我傻傻的洁儿！

不久，洁儿给我的电子邮件里发了一张照片，照片上的洁儿齐耳短发，怀抱着一个大布娃娃，斜靠在她家那装潢考究的客厅的真皮沙发里，眼睛很大，微笑着，清丽可人。

一天，洁儿给我打了个电话，那是我与洁儿第一次通话，她的声音温柔婉转，口拙的我一时激动，竟不知道说什么好，倒是洁儿叽叽喳喳地说了许多。末了，彼此沉默了一会儿，洁儿突然问我："咱们交个朋友好不好？"我笨笨地纳闷儿："咱们不早是朋友了吗？"洁儿嗔怒着："好啦！不跟你说了，烦人！……微博回答我。"

那天下午，我吹着口哨独自走在校园中，第一次发现这所破败的中学竟然也有些可爱的景致。反复回味着洁儿的话，自有一种说不出的感动自心间汩汩而出，我觉得我是个幸福的男子汉。

坦率地说，我是个长得不甚好看，乃至有些丑陋且笨拙的男孩，曾经因此受过种种伤害与冷落，这使我一直保持着特有的敏感和沉重。于是我问洁儿，了解我有多深？文字的交往是美丽而又脆弱的，因受着虚荣心的驱使，网络上的交往更是常有溢美之词且有所偏颇。我告诉洁儿，我想去她所在的城市见面，加深彼此的了解，之所以这样，是因为我很在乎这段情缘。

洁儿却回复："我会去看你的，给你一个惊喜。等着吧！"于是我天天盼着她的到来。

高考前夕的一天傍晚，突然接到洁儿的电话，“我来看你了，就在校门口！”当时赤膊的我一口气跑到六楼寝室换了件新衬衣再急奔而下，欣喜的感觉如风样在心中吹拂着，周围的世界开始旋转起来，形成一个幸福的旋涡……

我看到洁儿了！洁儿一袭白裙背着手亭亭玉立于晚风中，像一位静美的女神，我跑过去笨手笨脚的差点儿撞着了洁儿，气喘吁吁地说：“洁儿，你好！”

“请问，你是……”洁儿一时愕然，睁大眼睛盯着我。

“我是阿笋呀，洁儿。不像吗？”

“好了，别闹了，阿笋这小子躲到哪里去了？！”洁儿盯着我眼中带着一丝愠色。

这倒使我不知所措了：“洁儿，真是我。很令你失望，对吧？”

洁儿这才红了脸，低下了头，喃喃着：“哪会，哪能会……”

我邀洁儿去了学校附近一家很别致的冷饮厅。我给她要了杯木耳（洁儿曾无意间在私信中提到她喜欢白木耳，我却用心记住了），我则要了杯牛奶，透过冷饮厅的大镜子，我看到自己头发凌乱、衣服不整且笨拙得不知所措。坐在高雅端庄的洁儿身边，我活像为公主护驾的车夫。我们几乎没说什么话，也不知道说些什么，幸亏冷饮厅里有音乐氤氲着，洁儿的眼睛始终望着冷饮厅外流动的人群，似乎在期待与寻求着什么……静坐了许久之后，我提议出去走走，校园内也实在没什么风光，洁儿心不在焉地张望着，我则像一位笨拙的伙计，紧随其后。天气很热，加上周遭尽是同学们怪异的眼光，我与洁儿都很不自然。洁儿说要走，我送她到门口，她头也不回地上了一辆出租车，消失在夜幕中……

送走了洁儿，我神情恍惚，若有所失，我在微博里给洁儿写了好几条私信，洁儿才象征性地回了一条，但已是明显的应付与凑合。一个星期后，洁儿来了最后一封信，她说她做了一年的梦，就在见到我的一刹那，她终于醒了。她说我欺骗了她……

七月流火，我却如坠冰窟。我不知道这一年做错了什么，但我是真真实实地喜欢着洁儿的。于是我不停地给洁儿打电话，解释着，渴求挽留住些什么。后来，她的手机停机了。

我的梦彻底碎了，或许梦是一个现实，抑或现实是一场梦。

那年高考我落榜了，疲惫的心，伤痕累累。在跳跃的火光与模糊的泪眼中我仿佛看到了什么。对，那是母亲充满期待而又无奈的脸。我的心被狠狠地拧了一下。那天以后，我背着简单的行囊和一些高考复习资料离开了小镇，来到异地一所学校借读。我知道，那里才有我真实的梦。

（阿笋）

让你握握我的手

和她在微博里交流是一种绝美的享受，虽然不能面对面，但并没影响我们的激情。彼此都把各自的心情抒发在私信对话框里，不会敷衍，更不会欺骗。我相信她所说的每一个故事、每一个情节都是真实的。

那一年，夏季铺天盖地到来之时，我认识了雪月，一个对我而言似乎始终都很遥远的女孩，或者说是一个梦，一个害怕天亮、害怕清醒的梦。

她是我许多素未谋面的微博博友中的一个，但与一些满纸陈词滥调者不同。她一开始给予我的便是一种全新的感觉，那种感觉很美好很特别，难以名状。用相见恨晚来形容我当初的心情最恰当不过了。她清新的文笔给我捎来了阳光般的幻想，令我耳目一新。

她是广州师范大学二年级学生，就读的是中文系。她说自己是徐怀钰式的女生，有点儿调皮、有点儿疯狂，什么事都敢作敢为，而且还喜欢追寻新花样，喜欢前卫、喜欢自由，时常弄些让普通人瞠目结舌，甚至难以接受的“鬼名堂”出来。

和她在微博里交流是一种绝美的享受，虽然不能面对面，但并没影响我们的激情。彼此都把各自的心情抒发在私信对话框里，不会敷衍，更不会欺骗。我相信她所说的每一个故事、每一个情节都是真实的。

交流了将近一年，一日三朝，我竟没有丝毫厌倦，她说她也一样。这期间，我们都没有问起对方的电话号码，也没有向对方索要照片。保持适当的距离，让朦胧成为一种美又有什么不好呢？

有一次要她用文字拼凑一下自己的“花容月貌”。我满怀希望等待了一个礼拜，只等到一句模棱两可的话，“应该不会让你失望吧！”她还是那样随意，那样自信。

知道她其实是位深藏不露的大才女，那是不经意间的事情。有一回给一位编辑打电话，闲聊中，那位编辑跟我提起了她，说她如何如何的有才情，文笔如何如何的好。我听罢大吃一惊，细问，方知她发表文章用的是笔名。

当天，我就私信给她“讨伐”，要她一定寄些大作过来，因为以前我有了新作总是让她先睹为快，这样做也算是等价交换吧。

她挺够义气，一下给我邮来了1000—1500克的复印件，看得我眼花缭乱，但却不忍放下。沉浸在她笔下一个个或喜或悲的爱情故事中，我彻头彻尾地被感动了。没想到一个自诩疯狂的女孩子竟有如此细腻的心思，有如此错综复杂的感情世界。作为写作中人，我知道故事是虚构的，但其中肯定融入了不少自我。

让我心慌意乱的是，在这几篇文章中，隐约都有我的存在。这种想法也许过于大胆和自负，细细思忖，却也显而易见。

虚虚实实的猜测之中，我把自己扔到爱情的十字路口，莫名其妙地茫然。无法否定对她已有太多的依恋和牵挂，文字中的她和她笔下的故事已把我的心征服。那时候，我身边还有相恋多年的女友。敢不敢，或者说舍不舍得放开既得的爱去为一份缥缈的情冒险，成了悬在心中的一个巨大的疑问。

我需要冷静，即使那份考虑是多余的，我也不得不让自己谨慎。为此我隔了两个星期没给她微博留言，这可把她给憋急了，连环炮似的发来好几条私信，每条私信都只有一个大大的问号。

我牵强附会地找各种理由来否定自己当时的敏感，我违心地告诉自己：她根本不爱我，我也不爱她。在这段虚设的感情纠葛之中，我不知道是否在扮演掩耳盗铃、自欺欺人的角色，我只知道，我需要暂时的解脱。

我用最愚蠢的方式战胜了自己，终于又可以心平气和地坐下来跟她网上交流了，第一次向她撒了谎，告诉她我大病了一场，所以没和她联系，并请她原谅，最后留下了我的电话号码。到底是什么力量促使我自觉地写下那一串阿拉伯数字，我也解释不清楚，心中存在某种渴望，一种无法言喻的渴望。

没想到那么快就听到了她的声音。她给我打电话，非常焦急，开口便问：“怎么样了，要不要紧呀？”一次不得已的欺骗竟然把她害得这么惨，眼泪浇得我的心酸溜溜的，好难受，我赶忙向她道平安，继续“美丽的谎言”。

然后便是漫无边际的闲聊。第一次听到她真真切切的声音，我掩饰不住

帅哥给我发私信

我好奇怪，星是怎么知道我的微博的？居然还给我发私信。我心跳加快，思绪很乱……过了好久，我才给他回了私信。“我虽然普通，没什么过人之处，却很要强，最不愿受人歧视，被人同情。你为什么要可怜我，送我贺卡呢？”

最近，学校流行送贺卡，班里几乎每一个人都把自己最心爱的贺卡送给自己最关心的人。我们班的每一个人几乎都收到了特别精致的贺卡，收到贺卡最多的要数坐在我前面的星了。

星，英俊潇洒，成绩优异，又极富幽默感，理所当然是全班同学瞩目的焦点，尤其吸引着女生的视线。而他呢，对谁都一视同仁，无论成绩好坏，无论貌美与丑，只要是他的同学，都可以客观地感受到他的真诚和热情。

我和星虽是前后桌，但很少说话。因为我除了学习成绩还算比其他女生“优越”外，论相貌、衣着、交往，都跟人家差得远。当她们叽叽喳喳对某人的衣服、发型等品头评足的时候，我总是缄口不语；当她们三五成群地买大包、小包、零食的时候，我也躲得远远的；尤其是她们争相对星大献殷勤时，我更是避之唯恐不及。我从不敢奢望谁会注意我，我也不去过分注意谁。我只是“两耳不闻窗外事，一心只读圣贤书”。同学们戏称我是“金口玉言”“一字千金”。

一天晚自习，我像平常一样，做作业，复习功课。突然，星扭过头来问我：“你喜欢什么？动物还是植物？哪种颜色？”一连串的问题像连珠炮一样，吓了我一大跳。我虽不知道他的用意，但还是如实地告诉他：“动物，小白兔，粉色，还有绿色。”

次日，我收到一个信封，信封里面装着一张美丽的贺卡，外面是粉色的，打开之后，一只可爱的小白兔在碧绿的草地上奔跑着。看完贺卡，我想起了昨晚的情景，明白了星问我话的意思，原来他是想送我一份非常受欢迎的礼物啊！我太高兴了！终于有人送贺卡给我了，而且是星，是受全班瞩目的星！我太激动了！因为全班女生只有我没给他送贺卡，而他却主动给了我一张！我太兴奋了！我的心怦怦直跳，一股热血直往上涌，烧得我两颊发烫。那一刻，我觉得自己就是世界上最幸福的人。我偷眼打量一下周围的人，唯恐他们发觉我的不同寻常，赶紧拿起书竖在眼前，装模作样地看起来。可愣了半天，一个字也没看进去。我索性合上书，藏起贺卡，推说身体不舒服，离开了教室，直奔宿舍。回到宿舍，我插上门，又拿出贺卡，放在胸前，闭着眼睛深吸一口气，脑子里呈现出一幅甜美的图画：我和星手拉手漫步在学校的林荫小路上，肩并肩坐在绿草如茵的操场上，看书、讨论问题……

想着想着，我的心不再怦怦直跳，另一种滋味在心头潜滋暗长起来：他为什么送我贺卡呢？是不是见我贺卡收得太少而可怜我呢？我是躲在被人遗忘的角落里的丑小鸭，他怎么会突然关心起我来？我越想越迷惑，越想越气愤，继而恨起他来：我要让你瞧瞧，我不是个弱者！我不要当可怜虫！我不会永远是一个可悲的被同情者！我发誓一定要在学习上超过他！

从那天以后，本来就不大说话的我更是一言不发了。他主动和我说话，我也装作没听见，即使他把复习资料给我看，我也置之不理。

期中考试成绩发下来了，我考了全班第三名，终于赢了他。“星从来没掉下过前三名，这次居然考了个第五，这是怎么搞的？”同学们议论纷纷，只有我暗自得意。

晚上临睡前，我收到一条微博私信：“我觉得你对我一定有误会，我哪里得罪了你，为什么你总是不理我？你知道这段时间我是怎么过来的吗？我每天都烦躁不安，脑子里翻来覆去总在想一个问题：我怎样伤害了你？为什么送了一张贺卡却疏远了我们的距离？这些日子里，我听不进课，看不进书，我要垮了，我实在憋不住了，请你回答我。”

我好奇怪，星怎么知道我的微博的？居然还给我发私信。我心跳加快，思绪很乱……过了好久，我才给他回了私信。

“我虽然普通，没什么过人之处，却很要强，最不愿受人歧视，被人同情。你为什么要可怜我，送我贺卡呢？”

没想到星很快就给了我回复：“刚开始，我是不太注意你。但到后来，你的个性吸引了我。你有气质、有思想、有深度，不随波逐流，不像别的女孩子那样爱慕虚荣，那样浅薄无知。跟她们在一起，我常常有‘知音难求’的感觉。只有跟你在一起，才可以谈人生、谈理想、谈抱负，我的生活才会充实、快乐，真诚希望能交上你这样的朋友。”

星的话，使我长长地舒了口气，好像卸下了肩上沉重的包袱。我能感到星是那样的坦诚，星的私信融化了我心中的坚冰，使我一下子从自己不愿承认的自卑中走了出来。

以后的日子里，我们成了真正的朋友，我的性格也开朗了许多。我们无所不谈，互相鼓励，共同切磋，共同上进，直羡慕得其他女生鼻孔发痒。因为我分明听到她们在暗地里“哼”。

（金月）

完美的友谊

中午，我收到一条微博私信，是这样写的："昨天中午，广播室播送了你的散文《不变的夜空》，我很欣赏你写的文章，希望能成为你的朋友。二班，亮。"我明白了，原来只是我的文字引起了亮对我的注意，尽管如此，也让我感到万分惊喜，我便匆匆地给亮回复。

亮是我读初三时认识的一个男孩，他是后来转到我们学校的，我们邻班，下课的时候他常常站在走廊上，我时常偷偷地注意他。后来，我知道他叫亮，但那时亮并不认识我。

随着中考的临近，学习变得越来越紧张，但我的内心却悄悄滋长着一份特殊的情愫。走过他们班教室门前，我总忍不住要向里面张望一下，渴望看他一眼。也许一切都是上天注定的，也许一切纯属偶然，一天课间操后，我和亮在楼梯间不期而遇。亮并没有像往常一样和我擦肩而过，他停下脚步，可是什么也没有说，只是对我笑笑，好像把一切想说的话都融入到那一抹笑容中，我们的目光第一次交换着语言。

中午，我收到一条微博私信，是这样写的："昨天中午，广播室播送了你的散文《不变的夜空》，我很欣赏你写的文章，希望能成为你的朋友。二班，亮。"我明白了，原来只是我的文字引起了亮对我的注意，尽管如此，也让我感到万分惊喜，我便匆匆地给亮回了信息。

从那以后，每当上完自修，亮都会来找我。他来的时候总免不了要看看我写的东西，每次我都是装作若无其事的样子，硬着头皮学习物理，我知道亮的物理成绩很好，而物理却是我的薄弱环节。只要亮一来我就会向他请教，他很有耐心地给我讲解，教给我解题的方法。做完这些，我们就出去散散步，放松心情。和亮在一起时，我们大多在谈人生，谈理想，谈前途，谈事业，偶尔，亮也会跟我说关于他家的一些事情。那时我记得亮还说过："能够拥有一份成功的事业，就算拥有了完美的人生。"我觉得亮是一个有上进心、责任感、有理想的男孩。我真的从心底很喜欢亮。我们之间也就如此而已，而仅有的这些，竟能让我在紧张的学习中拥有一份美好的心情，给繁忙的初中生活增添了一抹亮丽的色彩。

时间总是在不经意间悄然流逝着。一晃，中考已迫在眉睫了。中考完两个星期后，分数揭晓了，亮考上了警校，他得偿所愿，将来可以去做警察，而我却名落孙山。那段日子，整个世界对我而言都显得暗淡无光。我除了流泪，躲在家里哪儿也不去，亮三天两头地给我发私信，劝告我去复读，并说一定会有希望的。面对亮的劝说、鼓励、祝福，我统统都无言以对。失败让我感受到痛苦、惆怅、无奈和烦闷，还有自卑。在亮面前，我有一种抬不起头来的感觉，所以一直都没有给他回复，但亮的真情、诚挚却让我真的好感动。不久，亮开学了，我没去送他，因为我想借机会从亮的记忆中褪去。我更不想让亮看我满面愁容的样子，但不知为什么，离别情绪却爬上了我青春的窗棂。在那些灰暗冗长的日子里，我把眷恋的味道品尝了个够，可深藏我心底的那份真爱还是没有让亮知道，我感觉自己真的很矛盾。

面对亲人苦口婆心的相劝，我毫无选择地踏上了复读的征程，开始了艰难的苦读生涯。刚到学校一个星期，我就收到了亮的私信，让我加油。亮为了不浪费我的学习时间，叫我不用回复，而我总是忍受不了那种思念的煎熬。悄悄地把本该对他说的话写进我的微博日记里，我告诉自己同时也告诉亮。于是，我更加拼命地学，我的成绩直线上升。转眼七月再一次悄然而至，我满怀信心地走进考场，最终我如愿地考上了中专。我把这一喜讯和这一年来对亮的思念通过微博传给了他，我告诉亮，是他给了我奋发的力量，给了我前进的动力，我觉得因为有亮我才能成功，我真的很感激亮。那天，亮在给我的私信中写道："我的祝福永远伴随着你。"我因为那句不同寻常的话而怦然心动。

来到新学校后，面对眼前一切陌生的事物，陌生的校园、陌生的老师和同学，我常常想念家、也常常想念亮。特别是在军训的日子里，手机不让用，头顶炎炎烈日或狂风骤雨，面对眼前严厉的教官，我常常悄悄地擦去挂在腮边的泪水。记得那晚，刚结束一整天的队列练习，回到宿舍我像散了骨架似的倒在床上，刚躺下，就有同学来叫我去接电话，我使尽全身气力来到电话亭，拿起电话，电话那头传来了亮的声音：“你还好吗？”当时我很兴奋，却不知为何又被亮的最平常的一句问候而弄得满脸是泪，亮终究没有把我忘记。我把在学校里的种种苦楚都告诉了亮，但亮却说：“风雨中这点痛算什么，擦干泪不要怕。”我知道亮是套用《水手》中的一句歌词，但我还是被他深深地感动了。最后当亮问我还想说些什么的时候，我真想向他表白我的内心，但最终我还是什么都没有说，感觉好痛苦、好难受。

一年的中专生活，让我慢慢地适应了新的学习环境，也让我认识了许多新同学，但我始终无法改变对亮的那种刻骨铭心的感情。我始终觉得亮给了我很多，无论是在我痛苦失意时还是快乐高兴时，亮都会用一腔热情感动我。亮在最近的私信中常写着同样的话：“相信我，永远都会那么对你，因为你是我永远的朋友。”我终于明白，原来亮为我所做的一切都是因为我是他的朋友，我更明白原来友谊和爱情是两个截然不同的砝码，而亮一直都把我放在友谊的托盘上，我庆幸那次在电话里我没有向亮表白，我更庆幸亮给了我一段美好的回忆，也给了我一份那么完美的友谊，我还能奢求什么呢？

（龙丽）

他什么也没表示。我失望极了——看来又是一次错觉。

大兵终于毕业了，他去了遥远的深圳。走时他什么也没说，之后半年多音信全无。我想我们之间的故事就像花开总要凋零一样必然，于是我下决心彻底收回悬在他身上的那颗疲惫的心。

就在这个寒冬，忽然大兵出现了，他加了我的微博，给我写了评论，文字很短，向我问好，介绍了一些他的近况。我猜不透他的用意，依样回复。第二天，他给我私信，说他很怀念大学的快乐时光，漫不经心又带浪漫情怀。我在心里苦笑。有一次在给他的私信中我提到曾莫名其妙地去天桥淋雨。他回复说知道我一个人去淋雨很是心疼，远在他乡的人应该为“最可爱的人”多保重。在电脑前，我把这句话瞪了半天：他是在开玩笑，还是借题发挥？他难道不明白虽然我外表看起来开朗洒脱，其实内心深处纤细而敏感？他难道不知道我这样傻的人会把这句话当真？我的心像风铃一样被他拨弄得飘摇不定。

日子就在这种捉迷藏似的微博往来中流逝，我感到无奈而疲惫。11月底的一天，我无意间在网上看到一篇文章，讲一个矜持而含蓄的女孩爱着一个男孩，可女孩要听到男孩先开口说爱她，但男孩却表现得若即若离。女孩好多次想放弃，却又不甘心就此错过生命里的第一次恋情，而男孩始终没对女孩说出那句足以改变她一生的话，最后女孩遗憾地结束了这个故事，她不知道男孩是否真的爱她。

我的心被深深震撼了，我不要自己的爱情也成为遗憾！于是，我决定给大兵打电话敞开心扉，正在这时，大兵的电话来了，他给我讲了一个故事，这个故事和我在网上看到的文章一样。最后他强调，其实那个男孩一直在爱着那个女孩……

（晓晨）

飞鸟无痕

我很少上网，也极少写微博，但每一段微博文字背后都隐藏着乔杰的身影，或是跟他一起活动，或是发着跟他有关的感慨。乔杰只是偶尔在微博上跟我打个招呼，让我加油。

我不算漂亮，只能说是可爱。在班里，我和同学们相处得非常融洽，尤其乔杰跟我关系更铁。那天课间操间隙，我拿手机玩微博忽然收到乔杰的私信，说要当我的干哥哥，因为他比我高10厘米，大6天，不假思索我便同意了。从那以后，我总是旁若无人地叫他“干哥哥”，我俩经常在教室里有说有笑，出双入对。

别人都说初三的日子枯燥无味，但有干哥哥的我却觉得生活五彩斑斓，我弄不明白别人为什么总有那么多的感慨。一有时间，我便会和一大群朋友去溜冰，当然，也包括乔杰。那天，乔杰第一次牵着我的手，我感觉到了平生第一次的剧烈心跳，我觉得乔杰的手就像天马的翅膀，那翅膀只属于我。我头一次认真地审视面前这个男孩：一米七四的个子，帅帅的脸上带着幸福的笑容，一件白色T恤，一条蓝色牛仔裤……溜完冰，我突然抬眼对乔杰说：“我以后不叫你干哥哥了，叫你乔杰好吗？”“好啊，小心把我叫老了，如果我老得走不动，可就没有人陪你溜冰了。”说完我俩大笑起来。

我很少上网，也极少写微博，但每一段微博文字背后都隐藏着乔杰的身影，或是跟他一起活动，或是发着跟他有关的感慨。忙过了毕业考，学校老师说要重新分班，这是我不希望的，但那不希望的事还是发生了，我在六班，乔杰在五班，中间隔着一道墙。

乔杰只是偶尔在微博上跟我打个招呼，让我加油。有时也会向我借参考书、笔记本什么的，我们再也没时间一起去溜冰了。渐渐地，我觉得我俩的距离越来越远，这可能是因为我比较敏感吧。可我又想，马上就要中考了，也许他正忙于复习功课呢，但我的想法很快就被同桌的话给打碎了。

填志愿那天，同桌对我说："你知道吗？听说那个乔杰和他班的才女，就是文诺，一起报了市一中耶！""是吗？好啊！"我努力挤出了一丝笑容，那笑呀，想必比哭难看10倍。说来也巧，乔杰恰恰就在这时出现了，他问我报了哪里，我扔下一句冷冷的话——我还没想好呢！就径直走出了教室，留下一个呆呆的、一头雾水的、丈二和尚摸不着头脑的乔杰！

随着中考日益临近，我俩只是偶尔搭上一两句话，很少像以前那样疯了。

一次不经意中，我亲眼看到乔杰和文诺在咖啡屋——从前一直属于我俩的那个咖啡屋里喝咖啡。都什么时候了，他们居然还有这闲情逸致，最最让我不能容忍的是，乔杰居然把手搭在文诺肩上，天哪！天马的翅膀……他一脸的笑容比阳光还灿烂，这一切让我伤透了心，也气炸了肺，我在心里不停地骂乔杰，说他喜新厌旧，见异思迁。总之，什么骂人的话都用上了，我决定再也不理乔杰，可乔杰对我的笑容却一如既往，这笑让我觉得像塑料的玫瑰花——虚伪，脚踏两只船。

经过了那黑色的三天，终于放暑假了，我考得不是很好，但我知道乔杰一定考得不错，从他脸上就能找到答案，况且他一直都是名列前茅的。

这段时间，只要是乔杰的电话，我就找理由推开，弄得老妈也感觉稀里糊涂。

一个蝉鸣的下午，我鬼使神差地拨通了那熟悉的号码："喂，你找谁？"

"我找乔杰，你是……"

"哦！我是文诺，你找他有事吗？"

"文……文诺，你怎么……喂，没事，再见。"我"啪"的一声挂断了电话，"这个死乔杰，坏乔杰，居然把她带到家里了，我恨你！"说着，我匆匆地下了楼，抛下一个空荡荡的房屋。

我在街上漫无目的地走着，抬头，火辣辣的太阳正在向我示威，低头，两眼直冒金子，往前看，见到乔……乔杰，我想躲，但来不及了。

"原来你在这儿啊，我正要找你呢，刚才打电话到你家又没有人接，走，我们喝咖啡去。"

"不去！"我心想，送走了才女，现在又来找我。你想得美！

"怎么，谁欺负你了？我去扁他。哦，该不会是因为我这段时间忙于复习没陪你玩吧，真这么小气？！”

“谁小气啦，走就走。”我俩又来到了好久没去的咖啡屋。

“你怎么啦？最近总觉得你闷闷不乐似的。”

“没有，我会有什么事啊，听说你报了市一中？”

“嗯，我和我堂妹一块报了，文诺，你应该认识的。”

“堂……堂妹？文诺？”

“对呀！和我同班的文诺，就是升旗员。”

“哈哈……”我一脸的笑容想必比阳光还灿烂，这笑容让乔杰又一次猜不透。

“我，我想请你帮个忙，可以吗？”

“唉！别说一个，十个我也帮。”

“真的?！好，那你帮我问一下你班里文娱委员的生日和电话号码好吗？就是那个弹古筝的女生。好妹妹，帮哥哥一下嘛！”

“乔杰，你……你想……”

“聪明！上次……”乔杰仍在滔滔不绝地讲着他的玫瑰逸事，我却一个字也听不进去。

“够了！你……你……我……上趟洗手间。”在转身的刹那，我的眼泪再也止不住了，滴在地板上。这一刻，我的心也碎了，“没想到这一切的一切都是我在自作多情，他只不过把我当作一个长不大的小妹妹，当初还在吃别人的醋，就算轮到谁，也轮不到我呀。不过，做妹妹有什么不好？我干吗非把自己弄成一只受伤的小麻雀呢？真是好笑！你算什么，追我的男生多着呢！”这是我在微博上傻傻写下的一段话。

走出咖啡屋的那一刻，我告诉自己：“飞鸟无痕，我也绝不会在自己脸上留下一道泪痕。”

（晓欣）

特别的珍藏

收到小刚的第二封私信是在5月的最末一天。他的语言极为诚恳，让人真切地感觉到一字一句都是用心书写的，他说中考在即，要我努力复习，不用给他回复，并让我把家里的地址留给他，还说我考完的第一天一定会收到他的信。

眼见中考临近，心里的压力一天比一天大。同桌三年的好友峰在我毫无准备时，突然抛出“定时炸弹”，在微博里私信给我，说爱上我了，弄得我不知所措。

峰是个可爱的男孩子，幽默健谈，让人开心的花样特别多。我们日日相处培养的默契感，令许多同学羡慕，被公认为“最佳拍档”。峰带给我的快乐曾涂满我整本日记，温暖我整颗心，我一直以此为骄傲，也为之深深感动，曾梦想一生要拥有这份纯情。

然而这次峰却令我左右为难了。接受吧，心理准备不足；拒绝，又怕伤害峰。我多想告诉他，在我四季的梦中他只是我一个纯洁的朋友，但我终究没有勇气说出来，我怕因此而失去峰。于是，我只能选择逃避，逃避来自峰的关心，以淡漠的语言回对他热情的笑容；我不再上微博，也拒绝回复他的心声，不敢翻阅往事，怕被峰的真诚俘虏；我刻意忽视峰放在我书桌里的巧克力和在校门口等待的身影。我的寂寞更深了，心更阴郁了，常常徘徊在校园角落的林子里，怕回家父母看到我失魂落魄的样子而担心。

半个月恍惚而过，峰也变得沉默寡言了，有的时候不来上课，更多的时候是躲到教室最后的角落里，整日趴在课桌上。我常常问自己：难道我的冷漠真的错了？曾经那个爱说爱笑、神采飞扬的男孩怎么无影无踪了？好多次无意间碰触到峰投来的目光，看到他眼神里似有一些逃避，又有一些期待，我都觉得好难过。我的感情与理智对峙着，日子在这种对峙中显得苍白无力。

5月18日，峰的生日。我不自觉地像往年一样买了张很精美的生日卡，写下峰的名字的那一瞬间，我的泪忍不住流了下来。那天峰没有来上课，我也没能把生日卡交给他。

放学的时候，我登录手机微博，发现又多了一个陌生的博友，博友叫小刚，他给我留下了一段简短的文字。短短几句话，字里行间流露出一种似曾相识的亲切感。他告诉我自己从一个朋友那里知道了我，想和我成为朋友。我没有交友的心情，却又很真诚地回复了他，因为那份莫名的熟悉的感觉，因为我不忍辜负这个叫小刚的男孩这份穿越迢迢山水的挚情。

峰依然是我中考复习中最大的困扰，虽然他已开始学习，但他脸上落寞的神情依然影响着我的情绪。我知道不能让多年的苦读毁于一旦，不能让含辛茹苦的父母失望，不能在矛盾和困惑中自我沉沦，我强迫自己学习，借学习来排遣峰所带来的烦恼。

收到小刚的第二封私信是在5月的最末一天。他的语言极为诚恳，让人真切地感觉到一字一句都是他用心书写的，他说中考在即，要我努力复习，不用给他回复，并让我把家里的地址留给他，还说我考完的第一天一定会收到他的信。“抛开烦恼，好好努力，6月会是你灿烂的时候！”小刚在结尾处这样写道。我总觉得“抛开烦恼”四个字意有所指，却又不知指的是什么，但他言语中流露出的信任给了我莫大的鼓舞。那一刻，小刚走进了我的生活。

中考刚结束，真的收到了小刚的信。他坦言感觉到我的忧郁，想知道我的故事，分担我的烦恼。于是，那个夏天，小刚倾听了我所有的心事，尽管所有的心事都与峰相关，他却并不介意我过多地提起峰而忽略了他。当我意识到我和小刚之间的友谊不该以峰为中心时，我真诚地向小刚说抱歉。他却说：“只要你是快乐的，我愿是倾听你任何心事的朋友。”不可否认，小刚越来越贴近我的心灵了，尤其是他的这句话是如此熟悉——三年前，与峰相识时，峰就是这样说的。我越来越多地发现小刚和峰之间有好多相似之处，我想也许是命运的安排，让小刚来弥补我失去峰的遗憾。

小刚分享了我考入中专的喜悦，参与了我对人生的设想。我把峰考入化工学校的消息告诉了小刚，他说：“为他高兴吧，不愉快的事总会过去，前路仍可期待。”那一刻我如释重负，小刚解了我的心结。我对峰不再有那份逃避与负疚相纠缠的矛盾，而是以一种坦然的心境期待他过得快乐，甚至期待与峰仍能像从前一样成为“最佳拍档”。

又到5月，想起峰的生日，翻出那张只写下峰的名字的生日卡，往事涌上心头，感慨颇多。好久没有峰的消息了，好想知道他在远方过得可好？好想知道他是否也如我一样淡忘忧怨，心存感念？

那天收到一个包裹——一封信和两本厚厚的日记。展开信，上面分明是峰的笔迹，日记也是峰的，小刚就是峰！这个答案令我惊讶不已，虽然我曾许多次猜测过，但当猜想变成现实的那一瞬间，我竟如此激动。细读“小刚”的日记，我才知道他曾为自己的冲动而深深懊恼，也曾因为我的冷漠而心灰意懒，更曾因为给我造成压力而自责不已，当他知道不做朋友彼此都不会快乐的时候，他为了挽回尴尬的局面，绞尽脑汁才决定杜撰出一个“小刚”，来重新建立彼此的友谊。他把信寄给外市的一位朋友，怕我认出字体，又请朋友代抄一遍转写给我，而我写给“小刚”的信也都是由他的朋友转寄的，峰说他没想到那三个字给我造成那么大困扰，他自己也并不快乐，经过反复思考才知道，那种感情太重，我们提不起，也不适合我们。

明白这一切后，我心里五味杂陈。我能不感动吗？峰这两年里所做的一切可谓用心良苦，而我也不曾真的怪过他，三年的友谊不是说放就放得下的。我在微博里给峰留言：“5月对我们有特别的意义，把它当作友谊纪念月吧！”于是，5月成为我们心中一份特别的珍藏。

（田志辉）

谁是谁的天使

太阳落山后，他收起风筝问我要不要一起走，我稀里糊涂就答应了，那是我第一次和陌生男孩一起回家。回家路上，我们用手机进行了微博互粉。

认识小檬是一个风里充溢着栀子花香的时节。那天，我独自在时代广场的草坪上咀嚼着每次考试后都有的失落，呆呆地望着天空里大片大片蔓延着的云朵和那五颜六色的风筝。不是在寻找什么，只因为寂寞。天空中有只风筝飞得特别高，我一度怀疑那是一只被割断了线的风筝，因为在我的印象里，一切被系上牵绊的物体都是飞不高的。我顺着这只风筝第一次见到了小檬。

小檬穿着一件墨绿色的休闲外套，那绿像潮湿的未曾见过阳光的苔藓，我喜欢那脆弱的颜色。他的样子不帅，表情冷冷的，但他发现我盯着他后却朝我笑了笑。

而就是他那懒懒的、淡淡的一笑像是漫天的柳絮无意中渲染了原本苍凉的一切，我的脸红了。这个像他名字一样充满神秘与酸楚的男孩似乎曾在哪里碰到过，而又像在转瞬间错过了。好熟悉的感觉！我想是在我充满期待与幻想的梦里吧。

太阳落山后，他收起风筝问我要不要一起走，我稀里糊涂就答应了，那是我第一次和陌生男孩一起回家。回家路上，我们用手机进行了微博互粉。此后，我经常关注小檬的微博最新动态，他的微博界面很有韵味，一只纸鸢飘荡在湛蓝的天空，青青草地上，一个男生和一个女生紧紧拽着绳线，如果男生是他，那女生是谁呢？

其实了解一个人很容易，喜欢一个人也很容易。当然，我是指单方面的，就像我和小檬。

通过现实中的接触和微博上的侧面了解，我知道，小檬喜欢风筝，喜欢上网，喜欢音乐，喜欢可乐，喜欢占卜，喜欢另一个女孩，但不喜欢我。我也知道，我们是朋友，因为他忧郁，而我孤独。可能是负负得正的缘故，我们在一起很快乐。

一个周末，我对着一堆卷子苦恼地啃着笔头，小檬看我可怜巴巴的样子，便找我去看他的宝贝。宝贝，自然是他的风筝。

墙上，柜子上，床头上，吊灯上，小檬家里目之所及全是风筝。我逐个看着，嘴上赞叹，心里却感觉缺了点什么。这些风筝漂亮是漂亮，却都像被同一流水线加工成的产品，没有了各自的锐气，也没有了飞的灵气，只是些被尼龙线操纵的木偶罢了。我百无聊赖地倚在沙发上，忽然感到眼前一亮，天使！我看到了一只天使造型的风筝。这个有一头金黄鬈毛、一对洁白翅膀的小家伙，憨厚顽皮地嘟着小嘴，跃跃欲试地展着翅膀，充满着灵气，我小心翼翼地将它拿下来，细细地玩味着。

“漂亮？”小檬端来了两大杯可乐。

“漂亮，哪儿买的？”

“朋友送的。”

“女朋友？”我小心翼翼地问着。

“是，但她已经跟别人走了。就是我第一次在广场见到你那天。”小檬的眼里掠过一丝哀伤，虽然转瞬即逝，却依然被我捕捉到了。

“小檬，我们以后开个风筝专卖店吧。”我试图转移话题。

“好啊！真是英雄所见略同。名字我早酝酿了，叫‘天使的翅膀’。因为我只打算卖天使造型的风筝。”小檬转眼便一脸阳光，他的情绪一贯此一时彼一时，让人捉摸不透，像随风散去的蒲公英，只留给人猜测的空间。这样很好。

“天使的翅膀！好美的名字！”我恨不能为小檬奇妙的构思高呼万岁！“我们的天使手里都要捧着两颗红心，代表爱情，只卖给一对对幸福的情侣，在天使的看护下，他们的感情也永远可以不朽！”我的三毛情结总是一触即发，而且一发就不可收拾。

“若你的梦想成真，人人都在天使的看护下有了完美的爱情，琼瑶苦情剧不就破产了。”小檬戏谑道，“其实，天使的翅膀还有一层意思，就是对自由的向往，天使有了翅膀才能自由地飞……”小檬呷了一口可乐，做了个展翅欲飞的动作。

是这样吗？我暗暗想起泰戈尔的一句话：如果给鸟儿的翅膀上系一黄

金，它就不能自由地飞了。那么，给天使的翅膀系上教科书，它还能自己飞吗？就像那一只只风筝，它们原本可以飞得更高。我沉浸在自己的思维里，却冷不防给小檬猛拍了一下。

“小傻瓜，发什么呆啊！你的可乐全洒了！”

我手忙脚乱地擦了起来，小檬却稳如泰山地坐在一旁，坏坏地笑着。

他笑起来的样子很柔，像……像大漠上洒落的夕阳余晖。

不知为什么，我心里轻轻跳跃过一丝酸楚。

也许最远的距离不是天各一方，也不是生死之间，而是我就在你的面前，你却不知道我爱你。小檬，你懂吗？当我在微博上抄写下这行字的时候，我听到了血液颤动的声音。

原以为日子就这么波澜不惊地过着，我要继续补习数、理、化，而他依旧醉心于他的“天使的翅膀”。至于我心中的那个秘密，只在每天的日记里呢喃着。

直到那个更沉重的夜晚。

又经过了一次模拟考试的洗礼，我的数、理、化依旧倔强地门门挂红灯。

我不敢再面对父母那充满失望的眼神，就逃也似的奔出了家，沿着华灯初上的街道走了一会儿，来到了时代广场的那片草坪，只是今晚的天空中不再有风筝，只剩一轮清冷的明月和昏黄的路灯传递着我的寂寞与无奈。百无聊赖地四处张望，发现不远处有一个熟悉的身影——是他！但我没有像平常一样悄悄溜过去蒙他眼睛——因为他正紧紧拥着一个长发披肩的女孩。我愣了一下，呼吸像在瞬间搁浅了，头脑里却异常清晰地映出星座书上的一段话：

双子座的男生和双鱼座的女生都是浪漫而情绪化的人，那习惯性的自我保护的生活方式，注定不适合成为恋人。他们会在一个月光泛着涟漪的夜晚找到属于自己的位置。

我不相信星座占卜，但我不能不信现实。泪水伴着点点星光落了下来。我不知是小檬骗了我，还是我骗了自己，也许，我早该知道结局。

最后的故事便入俗套，小檬自然又和那个送他天使风筝的女孩走到了一起，只是他也送了我一个亲手扎的天使风筝，天使的翅膀上有一行楷体小字：

愿你成为拥有自由和爱情的天使！

（李佳蓉）

我们只能做朋友

我经常到林的微博里转悠，看他上传的班里同学打闹和学习的照片，偶尔从中间能找到我，有时候他也发发自己的心情，我读着读着就沉醉其中了，后来我把这种感觉告诉了晓。

我的脑海中时常出现这样的景象：地理老头刚抡圆胳膊准备画地球时，电灯突然全部熄灭，窗外是暴风雨来临前阴云密布的寂静。这时墙角处站起一个男生，甩甩额前的头发，朗声说："我给大家讲个故事。"

这个男生就是林。那天他讲了一个很短的故事，大概内容是一只蚱蜢从草地中蹦出来，撞在墙上死了。班里没有人应声，只我一个人放声大笑，与突如其来的雷声惊人的吻合。

当时我怎么也没想到自己会喜欢上林。我只不过是回头看见了他柔顺的黑发和深邃的眼眸。

几个星期后，和林同桌的女生神秘兮兮地找到我，告诉我林可能喜欢我。我不住地摇头，只是笑。她一本正经地说："要不他怎么总评价你的衣着和回答问题时的表情呢？"我心中莫名的一震，快乐像一包散开的糖，尽情充满心中每一个角落。

我开始注意他了。进入高中以后，老师看管学生更严了，虽然班里大部分同学都带手机，且以智能手机居多，但只要上课，大家还是规规矩矩地关机，毕竟升学的压力摆在那里，没有那么多闲情去做这些额外的"功课"。再说，被老师发现，不仅手机被没收保管，还得叫家长来领手机，这种感觉可不太妙。然而，再严厉的监管，还是阻挡不了我们的快乐，班里有微博的同学都加了关注，至于QQ，更是每个人都可以在班级群里闪烁着。我经常到林的微博里转悠，看他上传的班里同学打闹和学习的照片，偶尔从中间能找到我，有时候他也发自己的心情，我读着读着就沉醉其中了，后来我把这种感觉告诉了晓。晓说：“既然你喜欢他，就一定要有一项比他优秀才能引起他的注意，不如你就和他比学习吧！”

我也单纯地以为，林是个好学生，他不理我一定是因为我学习差，于是我便埋头苦读。在那些伴着午夜钟声和黑眼圈的日子里，虽没有同他说过一句话，但每天我都听见自己的心在万丈晴空中快乐地歌唱。

我们有一个阶段是同桌。课余我常常趴在桌上凝望着他的侧影，觉得那是上帝的杰作。我给他读一些令我感动的文章，他总是认真听完然后笑着说太伤感。从他的眼神中我看不出他是不是在乎我。有一次，我穿了件紫色的外衣衬着白毛衣，他仔细打量我：“原来我同桌这么秀气。”我觉得这不是玩笑，因为他的眼中充满着真诚。我很想问他：“你有没有喜欢过我？”但我害怕会一下子失去这份弥足珍贵的感情，只能默默地写在微博里，林还傻乎乎地回复：你喜欢上谁了？有几个还跟着起哄，说我春心萌发云云，我没好意思回复。

学期末的联欢会，林选了首我喜欢的《偏偏喜欢你》，看着他神情专注地唱出了调的曲子，我竟然热泪盈眶。虽然知道这并不是唱给我的歌，但还是被它真真切切地感动了。

高三开学后的一次作文课，老师布置写一篇小说。林抢了我的本子将他的那个蚱蜢故事写在了上面。老师读到它的时候，诧异地望望我们。我从头发的缝隙中清楚地看到他在无声地大笑。

后来我们分开了，坐得很远。我几乎每节课都要看上他一眼，几乎每天晚上临睡前都要上他的微博里看看，就好像是担心自己收藏好的爱物还在不在。晓说我们是隔了天河的牛郎织女。班中有一阵盛传林和另一个女孩的事；我很伤心，想到放弃。我不知道当时是怎样的心情，仿佛不是要失去一个喜欢的人，而是一个亲密的朋友。我想我并不是那么真心想得到他，只是强烈的占有欲，让我霸道得今非昔比。

会考的前一天，我到学校去，班中人头攒动，我没有习惯性地去找林的身影。晓捅了我一下，让我快看林。原来那头柔顺的黑发被他剪成了“刺猬”，一根根倔强地翘起，刺痛了我的眼睛。我心中并没颤动，低头继续做自己的事。晓张大眼睛吃惊地看我，声音高得出奇：“我以为你会叫出声来。”

我不清楚自己对林究竟是什么样的一种感情。我总是在心中先树个偶像，然后再摧毁他。我想得到的或许只是他倒塌那一瞬间的快感。

会考那天，我因不知方向而四处乱撞。好不容易站在了队伍里，扭头便见林在后边，忙往前挤——我不知想躲什么。林用书包碰了碰我，小声说："别乱跑，当心跑丢了找不到位置。"

我一下子停住了，突然觉得自己很傻，傻得将别人的关怀误解为爱。原来我和林只不过是很投缘的朋友，纯洁的友情是根本不可能升华的。我现在的轻松，就好像是扒开了层层树枝，发现眼前竟是海阔天空！我猛地回头，终于发现我的无知和幼稚在他深邃的眸子中根本没有留下任何痕迹。

（祈祈）

保持微博联系

他问："能告诉我你的电话吗？"我犹豫了一下，答道："要不这样吧，你先加我微博关注吧！我们可以在网上联系。"他粲然一笑，掏出手机，打开自己的新浪微博，很快就添加了对我的关注。

和他认识那年我念初二，他念初三，我们是在校园中的一棵柳树下认识的，我记得那是一个微风和煦、阳光明媚的下午，我沉浸在书里的故事情节和人物命运中。

"你还没吃午饭吧？"一个洪亮而又陌生的声音把我从书中拉了回来，我抬头一看，一位穿着T恤衫、休闲裤，长得很帅气的男生站在离我几米处的地方正微笑地看着我，我环视了一下四周，没有别的人，便问："请问你是和我说话吗？"

"你说呢？这儿只有你和我，我不是和你说话，会和谁说话呢？难道我会和花草树木说话吗？"他调皮而又幽默地回答了我提出的问题。

"那你怎么认识我？又怎么知道我没吃午饭呢？"我又不客气地提出了一连串的问题。

"噢！还真没想到平时看你不爱说话，其实话也不少。那好吧，既然你问了，我就回答吧！不过你千万别生气，其实我观察你好长时间了，你一下课就来这儿看书，所以你引起了我的注意，因此也就认识你了。今天呢，我看到你一下课就来这儿看书了，所以我肯定你没吃饭。你应该知道经常不按时吃饭或不吃饭，对身体是没好处的。"说着他走到我旁边坐了下来。听了这些话我不但没有生气，而且心里久久不能平静，由于我性格的原因，不爱交朋友，也没有时间交朋友。所以在学校没有人能关心我，更没有人跟我说这些话，没想到一个陌生的男生会这样关心我，这使我有点儿受宠若惊，心跳得更厉害了，那天我们谈了好多。

他问："能告诉我你的电话吗？"我犹豫了一下，答道："要不这样吧，你先加我微博关注吧！我们可以在网上联系。"他粲然一笑，掏出手机，打开自己的新浪微博，很快就添加了对我的关注，他浏览着我的微博，笑道："写的真不少啊！其实你是个喜欢表达的人嘛，只是平时太矜持了，我会经常给你留言的。"

那天走在回家的路上，我还在寻思，怎么会和一个陌生的男生说了这么多话呢？

随着时光的匆匆流逝，我们在微博上的交流和现实中的接触越来越频繁，我们的友谊与日俱增，成了无话不说的好朋友，再到后来，我们拜了兄妹，他成了我的大哥，我成了他的小妹。

以后的日子里，他对我特别关心，每次吃饭的时候，都会和我一起边吃边聊，谈人生，谈理想，谈……还真别说，和他在一起胃口大增，他不仅在饮食上照顾我，在别的事上也给予我无微不至的关怀，当我遇到高兴的事时，他会为我高兴，当我遇到不愉快的时候，他会想尽一切办法让我高兴，当我遇到困难的时候，就更不用说了。

一天晚上，也不知怎的，我特别想家，想得眼泪都流下来了，他看到我在微博上的文字之后，私信给我，安慰道："小莉，看你都这么大了，怎么还掉金豆豆呢？这样别人会笑话你的，别哭了，听话。"

"我想回家，我想家……"我回复。

"小莉，这么晚了，你回家我也不放心啊！如果你坚决要回家，我送你好吗？"我一看他要送我，立刻不哭了。虽然最后我并没回成家，但心结一下子打开了。有了他这样一位好大哥，我觉得自己是世界上最幸福的人，我一刻也无法离开他，真难想象往后没有他的日子该怎么过。

天下没有不散的筵席，终于有一天，他拉着我来到校门外的小河边，无可奈何地望着我说："小莉，我马上就要毕业了，我将要离开你，以后哥哥不在你身边，你可千万别任性，要按时吃饭，好好照顾自己，还有以后升入初三学习紧张了，你要保证睡眠时间，你要……"

"不，不要再说了，不会的……"没等他说完我就扑到他怀里大哭大嚷，当时我的心里好难过、好痛苦，可是无论我怎样哭，怎样伤心，换来的又是什么呢？是离别，无法改变的事实。

我们相约分别后保持微博联系！

（王莉）

伤感的季节

多少次我在微博私信文本框里写下一行又一行心声，却始终没有勇气点击“发送”；当我看到他说自己感冒了的时候，我多想在评论里留言，告诉他多喝开水，告诉他吃桶带辣子的方便面，那会好得快些，可是写了删、删了写，却始终没有按下“评论”那两个橘色的字。

我以前没得过斜视，但最近本来与黑板成直角的目光老是在传播过程中发生折射，直达坐在一组的那个背影，同桌很关切地提出陪我看医生，我气得挥动拳头要打她，吓得她燕子般飞跑了。翻开心理咨询书，才知道大概是丘比特神箭射中了我的心。这似乎并不是件好事，它来得不是时候。

我却控制不住自己的思绪，想放手却又下不定决心。我不想与他相遇时脸红得像个苹果，我不想悄悄塞张纸条在他抽屉里，我更不敢奢想与他花前月下……我知道他不是那种容易被肤浅感动的人，我也不是那种轻易把感情托付于人的女孩。我只是每天抽空上他微博里，一字一句品味；我只是默默地望着他的背影；我只是悄悄坐到他身边，望着他写字时垂下来的黑黑的发，很想凑上去嗅嗅它的气味，虽然不一定芬芳；我只是摸着运动会时留下他唇温的我的杯子，心底一股暖流又夹着一个心愿，如果这唇温留在我的唇上，那有多快乐！我只是偶然看见一张留有他字迹的纸片，然后很小心地夹在日记本里，作为日后的思念。我从没有问他家住哪里，电话号码又是多少，我也从没有试着向他索要一张照片……全部的一切只在我一方发生，静静又悄悄，只有我的心能感觉到，因为我认为爱如果太裸露，就不美好了，精神上的恋爱远胜于把它付诸实际。

多少次我在微博私信文本框里写下一行又一行心声，却始终没有勇气点击“发送”；当我看到他说自己感冒了的时候，我多想在评论里留言，告诉他多喝开水，告诉他吃桶带辣子的方便面，那会好得快些，可是写了删、删了又写，却始终没有按下“评论”那两个橘色的字。

有段时间，好友兰的关注和推荐，让我情不自禁钻进了《大明宫词》的阴影下，她无时无刻不在谈太平公主与薛绍的悲剧性爱情。这个心高气傲的女孩似乎碰到爱情了。我不禁在担忧之余又多了一份祝愿，尽管她在我面前从不正面去谈。

直到有一天我满世界找她却毫无踪影，忽然记起平时她心情不好时总喜欢到6楼楼顶去。于是我一口气爬上6楼楼顶，果然看到她倚靠着一根柱子，正要喊，却瞄见了另一个身影，那正是我最最熟悉的身影，原来，原来……我顿时觉得有一种要从6楼跳下去的冲动，但是我不会跳，我不想以身殉情，尽管我不够坚强。

上帝真的不公平，现在他居然连想的空间都不留给我。可是我不会棒打鸳鸯，只是时常在想，为什么我如此懦弱？想了很长一段时间，我终于给自己找了一个很高尚的理由：如果我真的爱他和她，那么我就应该给他们祝福。我为这个似乎很说得过去的理由大笑了3个小时，同桌以为我中了大奖，硬要拉我去请客。

兰和他都不是普通的人，他们在一起更合乎常人的逻辑，而兰第一次为男孩哭，这对她来说，确实是破纪录的事，看来她是真的被他征服了。

他们正式确立关系的时候，天使在心中流泪了。我抱着吉他站在6楼楼顶弹起一首只有我自己听得懂的曲子，我抬起头，仿佛看见天使在风中哭泣。

听奶奶说，如果天上掉下一颗星星，就有一个灵魂到上帝那儿去了。我不知道我的灵魂住在哪颗星上面，但我会时时仰望苍穹，看着无数星星入睡，梦里我变成了一颗亮晶晶的星星，挂在星空的另一头，孤独又寂寞……

尽管我一再劝说自己，就这样忘了吧，可他的微博我照样会登录，那些痴痴呆呆的话我照样会在140字的对话框里默默地写着，只是没有人注意到我心底隐藏的秘密。后来，兰和他闹别扭了，又分开了，我心中有些窃喜，可是看着他微博里那些颓废的话，我又高兴不起来。我想劝劝他，可是我跟他没啥关系，怎么开得了口呢！

一天上午9点，我在图书馆阅览室，相中一本《中国画技法》，就在我伸手刚想去取的一刹那，有一只手抢占了它。我不禁佩服起这只手的敏捷，顺着手看上去，我的目光霸道地占据了手的主人的脸。

“如果你觉得很不公平的话，我可以考虑做出牺牲。”竟然是他，我怔住了。他微笑着，很大很亮的黑眼睛。我本想说：“好哇！”但我的骄傲却使我的嘴把它翻译成：“我从不勉强别人做他不愿意做的事。”“如果我执意相让呢？”“对不起，我虽然很穷，但绝不会无故接受别人的施舍。”说完，我潇洒地从他眼皮子底下走出了阅览室。

下午3点，我坐在了教室自己的位置上，然后就很奇怪地发现了一本《中国画技法》，正纳闷儿似乎在哪里见过，一张小纸条耐不住寂寞从书中溜出来，上面写着：坚强的男子汉从哪儿跌倒就要从哪儿爬起来——我以朋友的身份请你浏览这本书。侧目而视，他站在窗外朝我灿烂地笑。那一刻，我有些恍惚，难道我的星空从此不再寂寞了？

他约我去写生。他背着画夹，黑黑的头发在东南季风中轻舞飞扬。我伶伶俐俐地从3楼飘下，定格在离他3米处。“为什么要保持距离？”他冷冷地问。“因为这不是约会。”我认真解释道。他微微笑道：“我以一个孤独需要温暖的人的诚意请你靠近我。”“我很乐意把圣母马利亚的爱心撒给孤独的人。”说着我以最快的速度把我们之间的距离缩小为零。

夏日的烈阳很快榨干了身体的水分，我提出买水喝，他说：“我请客。”我说我不喜欢这句俗气的话，再说我不是你的什么人，不能让你为我花钱。于是，就各自付账了事。

太阳终于下班了，我们寻觅到一条岸边长着青草的河。我一下躺到青草深处，与大地母亲肌肤相亲。他端着个画夹跑来跑去，想留住夕阳的美丽。

“你觉得有没有永恒的爱情？”我望着他突然心血来潮。

“我相信爱情，但我不相信永恒的爱情。”他叹口气。

我的心突地一跳：“那你有没有发觉爱神在轻叩你的心扉？”

“我想我发现了，它虽然很淡却很美。只是我却找不到它的方向。”

“为什么？”

“因为它的另一方主人迟迟没有伸出手抓住它。”

我想我的脸一定红了，但可能也是夕阳的杰作。我侧过头去，说：“你知道其中的原因吗？”

“我想是因为她的心太骄傲了，她是那么地坚持她的立场，像一头倔强的小鹿，却刺痛了驯鹿人的心。”他的黑眼睛一动不动地盯着我。

我终于败下阵来：“也许她是顽固了一点，但在你的面前，也许她会改变她的观点。”

他忽然扔掉画笔，狂奔到我的面前，那么庄重、那么温柔地牵起我的手说：“愿意修补我生命的残缺吗？”我轻轻而又坚定的一句“愿意”把我带入了他的世界……

同学告诉我，最近会下流星雨。我很自然地想起奶奶的话。有那么多的灵魂要到上帝那儿去吗？忽然很想哭。毕业典礼马上就要举行，所有的同学一夜之间变得亲密无间。接连几天晚上，我都很用心地找天空中属于我的和他的那颗星，但我从来没找到过，隐隐地感觉到一丝惶恐。

终于在错误的时间和错误的地点与他进行了一次错误的谈话。

“我说过我不相信永恒的爱情。”他把脸转向别处。

我不知道我的骄傲到哪儿去了，我痴痴地说：“我们可以是简·爱和罗彻斯特。”

“你可以是简·爱，我却永远不可能是罗彻斯特。”

“你有罗彻斯特的眼睛和罗彻斯特的魂。”

“但我没有罗彻斯特的财富，我也不能接受我的简·爱的施舍。”他的声音几近疯狂。

“你继承了我的骄傲，但请不要用在这上面。”我有点儿绝望了。

“你看到你父母冷漠的眼神了吗？你明白作为男子汉的感受吗？如果我为了爱情向我的自尊低头，那绝对不是我的为人。我们之间仅有精神上的共同语，却缺乏物质上的共同语。我的简，我心爱的简，我只能让别人牵她的手……” 滴晶莹的泪从他又黑又亮的眼里滚出来，砸在我心上，引起一阵撕心裂肺的痛。

我抬头看看天边如血的夕阳，最后虚弱地问：“我能吻你的眼睛吗？”“你的手是否愿意让我再牵一次？”他颤抖着声音。于是，他最后一次牵着我的手，我踮起脚尖在他的美丽的眼睛上印下一生最美好的吻。

那天晚上，我看到了很美很壮观的流星雨，而且居然找到了自己的和他的那颗星，只是，它们已经陨落了……从那以后，我再也没上他的微博，我怕自己忍不住潸然泪下。

（张垠川）

随风而去的美丽

认识你不久，你在微博里给我发送了关注请求，那一刻，强烈的幸福感涌上我的心头，我时刻都想关注你，而你竟主动邀请我，我是多么幸运啊。你给我留言："说要跟我成为好友！"我回复："当然。"

从没想过要去刻意地喜欢谁，也没想过会有人喜欢我，因为美丽的梦和美丽的诗一样都是可遇而不可求的。也许有的肩膀，没有靠上便已走远，而那些方舟，却静静地守候在你必经的风波里。

我不该与你相遇，就如同你不该在那个季节降生一样，你走了，我将寂寞作为款待自己的最后一杯美酒，在落寞之后独自品尝。

永远忘不了与你初相遇时，你幽默风趣的谈吐，清瘦俊朗的面孔以及那微微扬起的唇中流露出的那一抹自信，都在我心中留下了永恒的美丽。也许就是在那时，一位少女的情窦被开启了，酸酸甜甜的雨绵绵地飘进心湖，思念悄悄溢满心间。也就是从那时起，我明白了什么叫情不自禁，什么叫刻骨铭心，什么叫缠绵悱恻。因为你，我的生活不再无忧无虑，无牵无挂。

认识你不久，你在微博里给我发送了关注请求，那一刻，强烈的幸福感涌上我的心头，我时刻都想关注你，而你竟主动邀请我，我是多么幸运啊。你给我留言："说要跟我成为好友！"我回复："当然。"

网络毕竟是虚拟的，我更喜欢现实中的你。每天我都会静静守候在你必经的小道上，不为别的，只为多看你一眼，哪怕是你远走的背影也好，当我心不在焉地溜达在那条小道上时，总会忍不住痴痴设想着你我在一起的情景：我们会相约在草坪上看夕阳，看晚霞；我生病的时候，你会悄悄地在我抽屉里放一包药，然后……不知不觉中好像你已然在我的身后，可是我猛然回转身，只看见发白的小道，我的心里一阵失落。

我曾不止一次地对自己说：下一次，下一次我看见你的时候，我一定向你表白，哪怕你沉默，哪怕你会笑我。我曾不止一次地要给你发微博私信，告诉你我有多么想你，但又想到你朋友那么多，万一看不上我，还让别人看我给你的私信，我会羞死。

那天，正当我锁好自行车准备从车棚里出来的时候，你不知何时站在我身后，看见我转过身，你手中的那串钥匙清脆地落在地上，你我都不约而同地弯腰去捡。我俩近在咫尺，却默默无语，一触及你的眼，我忙慌乱地低下头，我的勇气顿时被击得粉碎。

在我每天守望的日子里，我心里都会如花香般的甜蜜，虽然你不一定知道有这么一个痴痴守望的女孩时时在关心着你、爱恋着你，但是我很快乐，因为你快乐所以我快乐，尽管无数次我鼓起勇气，可看到你身边那些美丽的光环，我退缩了。我想，哪怕是你一个不经意的眼神，一个微笑，我都有可能向你表白，可看你对其他的女孩热情似火，谈笑风生，而对我却冷若冰霜，多少次我对自己说：故事注定是个悲剧，不要再去迷恋那美丽的风景，可这需要太长太长的时间。每当见到你，我的思想就会彻底崩溃，没有看到你的身影，思念就会像潮水般向我袭来，冲得我心口隐隐作痛。

有一天，当我又像以前一样坐在窗口想眺望远处你的身影时，可是没有，连你的声音、你的颜色都像空气一样从我视线里消失了，我那急切的心瞬间陷入了失望的深渊，正当我凝神幻想你的出现时，手机微博里有你的一条私信：

> 大眼睛的姑娘，你好吗？自从我发现有人在偷偷看我时，我就一直在关注你，无数次我曾试图接近你，可一触及你那忧郁的眼神，我怕你那烟雨蒙蒙的眼更迷蒙、忧郁，我以为有些话永远不必说出口，如今一切都太晚了……

酸甜的泪悄悄滑到脸庞。“大傻瓜，怎么会晚呢？”我拭干眼角的泪痕，径直向你们班走去，我鼓起勇气请一男生让你出来时，他却告诉我你走了——随爸妈回老家了。

我呆呆地立在那儿，全身顿时像散了架一样。我才明白你为何说晚了，你真的好残忍，连最后一句话都不给我。

你走了，带走了我的全部，伫立街头，总希望你奇迹般地出现在我面前，握着我的手问：大眼睛的姑娘，你还好吗？每当这时，我总会泪流满面。我的心已如千年冰封一样坚固，可心底的那份痛楚，谁能明白？我拒绝了你之外的一切，我固执地认为不是你的就没有意义。

漫漫长夜，我一次又一次抖落我们的故事，一遍又一遍梳理共同的岁月。微博，写了一篇又一篇，私信，给你发了一封又一封，可牵挂与思念永远都无法寄出。然而从那以后，你的微博也没有再写，我把失望、痛苦，一点点地埋藏在风沙的最底层。朋友宽慰我，别为了一个已经无法挽回的人再浪费时间了，你失去了多少，又得到了什么，难道竟让这如花的年华像风一样走得悄无声息？这样的代价太大、也太惨重了。是吧，也许你永远只能是我人生中的一道风景了。

过去的就让他过去，时间定格中美丽会永存。从此我的天空会变得明朗，你将不再看见我的忧郁。

（陈利清）

心灵相约

我经常上李老师的微博，在生活中、工作上、学习中、情感中遇到困惑的时候，我就会向他寻求帮助，他每次都耐心地为我解答，成为我生活中的灯塔，真庆幸能遇到这样一位老师，这样一位朋友。

这几天，心里颇不舒服，情感上、学习上、生活上的烦恼事一件接一件地向我压来，压得我有点儿喘不过气。总想找个知心的人来倾诉一下，或者找个什么东西来发泄一下。我在图书馆借来一本书，作者对青少年的心理剖析丝丝入扣，有些话真是触碰到了我的心灵最深处。书看完后，我看到书的扉页上有作者的微博链接，便上网，抱着试试看的心理，加了作者的微博关注。在我的印象中，很多作者架子大，一般都不理会普通读者的诉求。但我还是抱着试试看的心理，向作者李老师诉说了自己的困惑。

没想到，第二天，我就收到了李老师的回复，李老师深入浅出地分析了我的困惑，并指出了解决问题的途径，在末尾还附上了自己的电话号码，欢迎我就这一话题跟他做深入探讨。

我的心猛地一缩，我感觉有一种力量在向我召唤，使我有一种似曾相识的感觉。我觉得李老师就像是一位老朋友，他是如此了解我现在这种心情。他那富有哲理的话语，为我点化着生活中的酸、甜、苦、辣。我的心被他的话语、被他的内涵“挑逗”，情不自禁地拿起了手中的话筒，拨通了他的电话。

我跟李老师讲起了自己的情感历程：我是一名大三的学生，一年前认识了一位女孩，是在学校迎接新生时认识的，那女孩是我的同乡，有一个名字“燕子”，我们在同一所中学毕业，现在又在同一个系。由于这一缘故，当时在我们彼此的心中都埋藏着同一个秘密，我想作为兄长的自己，在以后的日子里要多关照这位小师妹；她也认为以后要叫眼前这位师兄多多关照，带着各自的秘密，我们步入了充满阳光的大学校园生活。交往中，我们发现两人有很多的共同爱好，比如都爱好文学，都喜欢旅游；同时也有各自不同的性情，比如我发现她个性很要强，简直让人无法忍受，比如她对现实生活比较自卑，作为兄长的我，就不断地用言语、用自己的经历去说服她、去鼓励她，在我的开导下，她慢慢地乐观起来，对大学生活充满了无限的憧憬。久而久之，我俩的关系也在发生着微妙的变化，心与心的距离在缩小，彼此的心中都拥有了对方。我在学习上、在生活上帮助她，她也用她那颗女性特有的温柔细腻的心关心我。命运让我们相遇、相知，却不给我们拥有更多的爱，命运反而捉弄了这一对可怜的人儿，我们不断地给对方以关怀，但却不能有更进一步的亲近，用她的话来说，在我们之间有一条谁也无法逾越的鸿沟……性格不同，结果也确实如此。女孩对我说，如果彼此要在一起，必须让我的性格适应她，也就是说我必须改变现在的性格，任性的她也试图用自己的方式去改变我的性格，她认为，只有这样，我们才会有所谓的将来，才会有快乐。看着她一脸的无辜，也为了所谓的将来和幸福，我一再迁就她，试着改变自己的性格。结果我们还是走向了两个不同的世界。

我断断续续，将近20分钟才讲完这故事。

“李老师，你能告诉我，两个人只有性格相同才能在一起吗？”

“你是这样认为的吗？其实你碰到的问题是一个普遍的问题，其实性格并不是两个人相处的唯一的依据。不论是友情、亲情还是爱情，都要彼此尊重对方，用一颗宽容的心去谅解对方的缺点。只要你有一颗友爱、宽容的心，那就可以和所有的人很好地相处，即使是性格不同的人。再说也不可能有性格完全相同的人，各人有各人的性格，只要你的性格不会伤害别人，同时自己又过得开心，那就不一定非得改变自己的性格去适应别人，想一想，我们能活在这世上就很不容易了，而要过得好那就更不容易了，现在我们有了一种适合自己的性格，那为什么非得为了别人的说法而委屈自己呢？”

听了李老师的话，我信服到了极点。真想不到一个电话就解开了我心中的结，让我找到了最终的心灵解药。从那以后，我经常上李老师的微博，在生活中、工作上、学习中、情感上遇到困惑的时候，我就会向他寻求帮助，他每次都耐心地为我解答，成为我生活中的灯塔，真庆幸能遇到这样一位老师，这样一位朋友。

（吴先群）

短痛

在微博里开着彼此的玩笑，还曾被同学误解为“两口子”。我辩解，对方评论道：“别解释了，解释就是掩饰。如果没有暧昧关系，你们干吗在微博里打情骂俏呢！”但让我没想到的是，大四临近尾声时，洛宇却悄悄消失了，他的微博很久也不见更新了。

这是入冬以来青岛所下的第一场雪，不大，但仍让人感觉到冷漠的气息。飞扬的雪花落在熙攘的街道上，连痕迹都没有留下。天上来的东西是不会留恋地下的。我希望自己是上帝身边的天使，那样，即使坠落凡间，也不会对世俗的一切保留记忆。

但我终究只是个凡人，哪怕只是想选择性地遗忘一些人和事都很难。

认识韩洛宇不是偶然，我和他是高中同学，那时他不爱说话，也不和其他男孩子一起玩，总是一个人默默地坐在角落里埋头做题。我本来是很讨厌那种死读书的人，但是他不一样。他的笑容很干净，不含任何杂质，就是这一点深深地吸引了我。我开始习惯性地陪着他安静地待在教室里，就这样一起进了青岛这座临海的城市里的一所大学。只是，我选择了中文系，而他则一头扎进了建筑王国里。

大学里的阳光并非特别的灿烂，日子在平淡中静静地溜走。我与洛宇每天相约在图书馆里，各自找到专业书籍后就坐到一块儿，悄无声息地阅读。一起在网络世界里逡巡，在微博里开着彼此的玩笑，还曾被同学误解为“两口子”。我辩解，对方评论道：“别解释了，解释就是掩饰。如果没有暧昧关系，你们干吗在微博里打情骂俏呢？”我感到惭愧，人家说的都是事实，我的微博私信里、评论里、文字里，绝大部分都是跟洛宇有关的，而且很多词汇不乏暧昧和男女之间那种隐约的用语。但让我没想到的是，大四临近尾声时，同学们都在为自己的去向而奔波，洛宇却悄悄消失了，他的微博很久也不见更新了。

5月里的一天，一位就要去西藏的室友突然问我：“哎，你那位不正在考托福吗？他要出国了，怎么还不见你的动静呢？”我强迫自己忘掉乍然听到这话一瞬间的感觉，只记得我当时支吾着回答：“他呀，从小就想着要出国，外国有什么好？我可不想去。但我尊重他的选择，即使他走了，只要我们彼此牵挂就行了！”室友惊叫道：“哇！你们俩真是太好了，你真幸福！”

是的，幸福，可幸福的滋味究竟是什么样的呢？就像我和洛宇这样吗？

我在校园里疯狂地寻找洛宇，等到夜幕低垂的时候，才在他寝室的楼下堵到了他。

“你来了，我正要找你呢！我最近考了托福，已经通过了，只要毕业证到手，签证一下来，就可以走了……”这家伙居然在这种时候先入为主，还说得如此坦然。

“那我呢？你希望我怎么样？”现在想起当时自己的反应，真恨自己怎么可以问得那样楚楚可怜？满腔的愤怒都不知到哪儿去了！

“我们都不是小孩子了，一次分别又算得了什么。我走了，你仍然过自己的生活呀，我会经常和你联系的，我们永远是朋友，不是吗？”

永远是朋友，可永远有多远呢？我还差点儿忘了我们只是朋友，差点儿忘了我只是个傻傻地陪着他耗在图书馆的大笨蛋。他从来不在人前介绍我是他的女朋友，从来没有在情人节送我一束玫瑰，从来不曾陪我过一次生日，从来……

“是的，我们始终是朋友。什么时候走，记得告诉我一声，我好去送你。”不知道为什么，可以说得如此轻松，尽管我不曾期待他会说“为了你，我可以留下”，可我的心有多痛啊。我害怕自己再待下去会泄露心事，只淡淡地对他说了一声“保重”就头也不回地跑开了。

在与洛宇不再见面的日子里，我偶尔会上上网，绝大部分原因可能是来自无聊，不过网络本身也就是很无聊的东西。我多半只是上一两个固定的网站逛逛，写写微博。

忙过了毕业那一阵子，人便整个儿松懈下来。听说洛宇的签证已经办下来了，听说而已，他并没有亲口告诉我，我与他的那次见面仿佛已是上个世纪的事了。他是已确定要走了，却没想过要来和我道一声别。我除了在现实中隐藏对洛宇的感情，便只有更加疯狂地投入网络那个虚拟的世界了。

“美丽是一种负担，旧情人也是一种负担，为什么是负担？”

“你要时刻保持美貌，预备有一天在街上遇到你的旧情人，让他看到你漂亮了许多，让他怀念你，这便成了负担！”这是我在微博上的感慨。

夏季的最后一个月，洛宇已经在呼吸英国的氧气了。他在最初的一个星期里给我挂了个长途，告诉我他已安全抵达，要我好好地过自己的生活。此后便杳无音信。

我无法一直地想念他，想念这个与我一起走过7年的人，尽管他脑袋笨得像木瓜一样不开窍，到走时还不明白我爱他。我只是放任自己的思念泛滥成灾。

结束了毕业典礼，校园不再是我可以逗留的地方。收拾行囊，茫然地站在校门口，却发现自己无处可去。没有关系网，大学文凭只是一纸空文，它不能帮我找到工作。眼泪不自觉地溢出眼眶，打着旋儿落在地上，恐怕连一星灰尘也没有击起。

在电话亭里第一次拨响那个号码的时候，我又听见了洛宇那平静的呼吸声，这个笨家伙只是我眷恋的地方。我很恣意地放声号啕大哭，对着电话那头的他撕心裂肺地痛哭不止。当喉咙终于呜咽得发不出完整的声音的时候，我猛然挂断了电话。我只想在他面前放肆地大哭一回，并不是想要听他说安慰我的话。如此，我的心愿已达成，我可以主动地放弃，让枯涩斑驳的岁月模糊我对他的记忆。

在这座港口城市里摸爬滚打了一年，我终于找到了自己的位置。但事业的进步掩饰不了我内心的孤寂，曾以为时光可以冲淡我对洛宇的记忆，却发现过去的感情是烙印，刻骨铭心。我总是固执地觉得这座城市里有他的气息，所以停下来。

有一天，当伊丽莎白·库柏勒的话再次闪现在我脑海中的时候，我忽然意识到，我终究会死去，但我还没找到真爱，我对洛宇的感情是永远不能存活的，我必须结束这段痛苦，然后承接快乐。

于是选择离开，在银雪飘飞的冬日早晨，拎着简单的行李，流浪到另外一座城市。

（杨燕）

远去的丁香

我登录手机微博，私信给惠惠，给她出了一道选择题："A. 你爱我。B. 你不爱我。"那个下午，老师讲的课我一个字也没听进去，我在不安地等待着惠惠的选择。

和铁哥们儿从迪厅回到宿舍，我一身酒气地扑到床上，倒头便睡。

半夜，被冻醒了，只觉得好冷，头也因酒精的作用而剧痛，辗转难眠之际，我打开微博，惠的文字便像放电影似的一个个跳跃于眼前：

最最亲爱的丰：

让我最后一次这样叫你。三年来，每日矛盾于你的冷眼与温柔之中，痛苦和喜悦都已化作麻木。放了我吧，丰，不要让我再重拾那段记忆。以你的优秀，一定会找到比我好十倍的女孩。

永远祝福你！

阿惠

泪，又一次流了下来。"惠，我的惠惠，你在哪里？让我再爱你，为什么你不再给我机会？惠惠……"我在心里呐喊着、发泄着。

当初我和惠惠从不同的区考到了那所全国闻名的重点高中。入学第一天我就注意到了她，注意到她娇小纤细的身材和她甜甜的笑。意外地，我和她竟然同班，而且，同桌！缘分啊！

在和惠惠的接触中，我发现自己渐渐爱上了她，爱她的聪慧，她的温柔，她的善良。更令我兴奋不已的是，我发觉惠惠只有在和我说话时才会脸红。但是，尽管我欣喜若狂却从不形之于色。

一天中午，班上那个最帅的体育生拿着一束玫瑰走到我们的桌前，把花塞到惠惠的手里，含情脉脉地说了句："Happy Birthday！"一股醋劲儿冲上我的心头。可是，我怎么就不知道今天是惠惠的生日呢？居然有人敢向惠惠示爱？我愤愤地盯着那束花，脸涨得像玫瑰一样紫红。惠惠不安地望着我，紧张得不知将花放在哪里才好。

我疯一样地冲出教室。“不！　惠惠是我的，谁也不能抢走她，谁也不能!”坐在校园树林里，我心情纠结着，我不能眼睁睁地看着别人把惠抢走。我要告诉惠，我有多么的喜欢她。可是怎么才能告诉她呢？我迟疑了。打个电话？发条短信？不如给条微博私信吧！对，就这么办！

我登录手机微博，私信给惠惠，给她出了一道选择题：“A．你爱我。B．你不爱我。”那个下午，老师讲的课我一个字也没听进去，我在不安地等待着惠惠的选择。

惠惠的脸一直苍白着，她的眼睛在逃避着我的注视。放学前，惠惠终于传给我一张折了很多层的纸条。我颤抖着接过来，我知道那是惠惠的一颗百转千回的少女心。一层，又一层，我缓缓地剥开，仿佛那是一张决定命运的生死符，最后一层，A！！！

尽管年龄不大，我却理智得惊人，我仍旧在微博里对惠惠说话：“我们不要像班里那一对儿那样惹得沸沸扬扬，只要咱们两个知道就好。”

“不，我不要搞地下恋情，我们相爱是光明正大的。”惠惠的回复天真而又执拗。

“惠惠，你听我说，我们才上高中，公开恋爱关系会使我们背上早恋的黑锅，老师、家长、同学会怎样看咱们呀，会影响我们考大学的。”我有点儿害怕，赶紧开导她。

“丰，我不在乎，我什么都不在乎。我只要你对我好，我不管别人怎么想。”

“可我在乎。”

最后，惠惠还是委屈地答应了我的请求。

惠惠陷入感情的旋涡而无法自拔，上学时和放学后，她都用同样满含爱意的眼神，同样饱含深情的话语冲我而来。同学们也渐渐看出些端倪。于是，在学校里，我只能冷淡地面对她，放学后则热烈地爱着她，极尽温柔。

终于，惠惠“暗恋”我的消息传到了班主任的耳朵里，她被调到了教室的最后一排。可她每天还在我周围转啊转，希望在白天也能得到我一个温柔的笑。而我却始终冷眼相对。只有在放学回家的路上，我才会以恋人的身份好好地待她。

关于惠惠“暗恋”我的事越传越凶，因为惠惠表现得实在太明显了。老师找来了她的家长，让惠惠调班。惠惠被家长狠狠地批评了一通，说她丢尽了家人的脸。第二天，惠惠便调班了。从此，全校都知道有个女生叫“惠惠”，因缠一男生不放而被迫调班。从那之后，惠惠日益沉默，更加消瘦，惠惠的成绩则一落千丈。

我心痛着，却依旧不敢在学校里承认什么。我抛不开老师的赞美“小伙子，好样的！能把持住自己，将来一定有出息！”也抛不开男生的艳羡“好小子，没想到就你老哥这副尊容，居然让美女死缠滥打，有一手！佩服！佩服！”

我唯一能做的，就是在短信里、微博上、放学后送惠惠回家的路上，用各种甜蜜的情话，各种山盟海誓去为她宽心：“惠惠，相信我，等到我们考上大学，就可以光明正大地在一起。惠惠，为了我，再委屈一阵。”“惠惠，你知不知道我比你还心痛。”“惠惠，我爱你。一生一世只爱你一个。”“惠惠，即使你将来变得再老再丑，你也是我心里唯一的宝。”

每当这时，惠惠便会抛开白天的阴郁，甜甜地笑着，柔柔地依偎在我的怀里。而第二天，在学校里，我却依然残忍地不理她，甚至在别人面前故意露出厌恶她的表情。其实，我也很难过，因为我是那样深切地爱着惠惠，然而我却从未过多地想到过惠惠的感受。

日子就这样重复地过着。后来，我终于如愿考上了心仪的重点大学N大，而惠惠却只考上了本市一个极普通的本科。我给惠惠写了许多热情洋溢的私信，发了无数条表达心意的短信。我告诉她，我们终于可以公开恋爱了，我会爱她一辈子。然而，惠惠的手机一直关机，微博也不见更新，9月的一天，我在微博里收到了惠惠发来的只有89个字的绝交私信。

我惊呆了，疯狂了。我不顾刚刚开始的大学学业，买了一张站票，便踏上了北上的列车。18个小时的僵立，18个小时的煎熬，当我带着一脸青色的胡茬出现在惠惠宿舍门前时，看到的只是人去床空，惠惠的舍友告诉他，惠惠在开学两周后便退学了，远嫁去了美国，丈夫是一个长她20岁的华侨。舍友说这件事在惠惠所在的学校引起了轩然大波。我的心在滴血，我已听不见那个舍友在说些什么了。我感到整个世界都在陷落。我甚至不知道自己是怎样回到这陌生的城市，回到这冰冷的N大。

此后，我再也没得到惠惠的消息，无数次从梦中惊醒，我呼唤的总是那句：“惠惠，回来吧，我爱你！求求你，回来吧！”从此，我变得更加冷漠，我拒绝了许多次，我知道，我的热情、我的爱只为惠惠一个人。没有了惠惠，我便失去了爱的能力。

每到丁香花开的季节，我便找遍全市采集五瓣丁香。因为惠惠最爱丁香，因为惠惠说过“凡是采到五瓣丁香的人都会心想事成”。

每次都一样，我只许同一个愿：回来吧！我那结着丁香一样忧郁的惠惠！

（汪丰）

冰冻的爱情

回家之后，我在微博工具栏里搜索冰的名字，核对头像之后，很顺利地关注了这位可人的美女，我仔细看了她的微博，感觉她是个很有内涵的人，诗写得不错。

我与冰的第一次见面是在羽毛的生日会上。她之所以引起了我的注意，是因为她的确很特别：先是和老刀一起唱歌，后来又和一个女生跳舞。我偷偷地欣赏她：一张颇有艺术品位的脸，眉目清秀，一缕长发不经意地撇在眼角，眼睛扬起来看窗外时，常做思索状，眸中总荡漾出深远的智慧。整个生日会我与她没有说一句话，不过我知道，我已对她有点儿“意思”了。

回家之后，我在微博工具栏里搜索冰的名字，核对头像之后，很顺利地关注了这位可人的美女，我仔细看了她的微博，感觉她是个很有内涵的人，诗写得不错。她写道：一滴水的世界，只有大海才能容纳。一朵花的世界，只有蜜蜂懂得欣赏。一个人的世界，只有知音理解。我的知音，也许在山间，也许在城市，也许在水上，也许是机舱里，也许就在身边，总会知道他在哪里，总会知道的。

读了她写的文字，我佩服极了，对她的好感更加强烈了。

时间平淡地过去了好几个星期，我和冰都没有再见过面。之后一次偶然的机会，让我们互相留下了联系方式。11月20日下午，我和老刀在平辉家闲聊。老刀突然说要打电话给冰。他在拨电话之前对我说：“老兄，等一下如果是她妹妹接的，那你就和她讲吧！她妹妹太凶了。”我在还没搞清什么事情之前就兴奋地答应了，也许是因为能和冰通话吧！一切皆如天意，是她妹妹接的，不过一直都凶巴巴的她，却要我将电话号码留下，好让她姐姐回来时呼我。

12月的一天，冰呼我，在电话里和我讲了许久。我说起她微博里那些诗，她在电话里咯咯笑着对我说："都是信笔瞎写，无病呻吟的。""我觉得写得很好啊，换我，是无论如何也写不出来的。"我们聊得很开心，约定见面继续聊。

就这样，我们有了第一次约会，晚上7点在公园门口见面。虽然晚上下着小雨，我依旧准时赴约，我下车之后，一眼就看见冰撑着伞站在那里了。我走到她面前说了声："对不起，我迟到了。"她笑了笑说："没有呀，刚好7点，是我早到了些。"她全无怪我之意，也并不显出一点点的尴尬。

淅沥的小雨，风吹过来略有些冷，12月初，天气有些冷了，7点多钟户外已经完全黑了，就着路灯灯光，我们并肩而行，边走边聊。我说了很多，说在生日会时我对她的感觉。她也对我说，在生日会时，她也很想和我说说话。"那你为什么不说？"我问她。"缺少那份勇气吧！"她小声地说。我沉默了，她也不说话，像在想什么。那晚，我很晚才送她回家。这晚的交谈，使我们彼此了解了很多。

过了不久，我试着在微博上约她出来，一来是想她，另外，我有话要对她说，冰回复OK。她很准时，见面问好后，我们一起向前步行。过了许久，我停了下来，拥紧她的肩："思念是一种很玄的东西，如影随形。冰，我每天想你是9的N次方，你把我吞没了，你知道吗？我觉得你很特别，我喜欢与众不同的你！"我皱着眉头盯着她说出了心里的话。她抬起头，打量着比她高出半个头的我，脸羞得通红……我和冰从此跳进了爱情的旋涡。

元旦之后，我和她去爬山，到了山顶，出于兴奋，也是出于一时的激情，我对着天空大喊："冰冰，爱你一万年！"她听到后大笑，说我有那么长命吗？我赔着笑，后来我们都算了算，最后的决定是爱她80年，80年后我们都快100岁了，她说这有可能，我们都是老公公、老婆婆了。

我和冰拍拖了6个月的一天，不知是我说错了什么话得罪了她，还是我做错了什么事惹火了她，她竟然半个多月都不来找我，网上也不理我了，我真的搞不懂，这是怎么了。世事很难预料，她这么做，而我却没有一点怪她之意，因为一直以来都是我迁就着她。这天，我又约她出来，是想解释，还是想她？其实说真的，我是很想她的。

我以少有的耐性待在老地方等着冰的出现，她也命令我一定要等到她出现才准走。冰来了，我雀跃，兴奋得像个孩子。冰一口气拉我跑到操场，还未站定，就转过脸，正经地说：“亮，我们分手吧！”“你是开玩笑吧！”我惊讶地说。“谁跟你开玩笑！”听她这么一说，我好像站在死亡的边缘。但我还是搞不懂，真的不懂。她对我厌倦了？还是我这个太甜的苹果，使她腻味了呢？

“亮！”冰换了一副陌生的面孔——是一副温存的面孔，解释道，“姑且把我们的爱情称为‘冰冻爱情’好不好？我们有很多事要做。暂且把这段爱情故事放在时间的冰箱里冻一下，到彼此找到再爱的理由时再拿出来品尝，好吗？”她接着跟我解释，说：“只要彼此真心，就能保质保鲜。”冰冰想化解这僵冷的气氛。

“难道我约你出来，是要你来告诉我，现在我们必须把爱情放到冰箱里冰冻吗？你以为我们的爱一定要说出理由吗？”我轻蔑地摇头，“冰，你知不知道，放进已变了质的东西，再好的冰箱也不起任何作用了！”冰听我说完这些，开始一个劲地在耳边唠叨着缘分决定两个人是分开还是相聚，还说要相信前缘。然而，她那甜蜜夸张的话我似乎再也难以入耳，我叹了口气，竟感觉冰冰丑陋、渺小、面目可憎！

天空突然下起了雨，是在为我流泪？还是……我很想哭，虽然我是个男人，但在爱情这方面我却极其脆弱；我很想大声叫，纵使这样做会使别人说我是神经病，或者是已经无药可救的疯子，但对于我，已没有什么关系了。

冰冰撑开伞给我遮雨，我却闪开了，对着她大叫一声：“我恨你！”说完，一脸豪气地跑开了。操场上，一个样子有点儿傻乎乎的人在奔跑，那人就是我。我是在发泄，无情的雨点拍打在我的脸上，分不清哪是雨水，哪是泪水，冰冰看着我跑了21圈。终于，我被脚底的石头绊倒了……

第二天，我剃了光头，视冰如路人。

（周加亮）

苦涩的初恋

我加了她的微博，跟她开始了网上相约。白天学业太紧张，晚上临睡前，我们都准时打开手机在网上聊几句，她的心特别细，跟我交往的点滴都写在微博上，我看后觉得心里暖暖的。

有人说，恋爱使人深刻，使人成熟，使人痴狂。然而我的初恋却是不经意而来，满载伤痕而归，就像一颗未成熟的果子，苦涩得很。

起先，这个故事还有点儿罗曼蒂克的味道，和水相识不能说不是机缘。那一年的秋天，在我得知自己将无缘象牙塔时，我在家人的支持下，决定复读。第二天，我空着手踏上了去县城中学的路途，刚上车没多久，一位身材苗条的高个子女孩在家人的护送下提着大包小包向我走来，由于东西太多，不好上车，便从车窗递进来，由于我刚好坐在窗口，于是，便把女孩的东西都接上来，并给她占了座位。故事便由此开始。

上车后，她坐在我左侧，她妈妈抱着小外甥在我右侧。谈话中，得知她也是去复读的，而且也是学文科的，而那时我尚未下定决心，到底是上专科，还是复读。我开心地同她母亲聊天，不时逗逗她的小外甥。车到终点站时，我同她已熟悉。于是便主动帮她提包，直送到女生宿舍楼下才走。再后来，我也来到了那所复读学校，分班，我和她一个楼上，一个楼下。在学校里，我们不时可以见面，仅互相打个招呼而已，假如不是她那张元旦贺卡，也许这个故事不会再发展下去，然而，偏偏是那张贺卡，演绎出一段苦涩的爱情。

由于我基础比较好，复读时每次考试都是班上前几名。老师对我寄予了厚望，我对自己也满怀信心。那时，我真没想到会和她发生一段感情。元旦那天，同学递给我一封发自本校的信，里面有一张贺卡和几行简短的话："认识你也许是缘分，愿我俩能好好把握这缘分。"后面附着她的电话号码、QQ号码、微博地址，结尾处画着一只可爱的水滴。那一刻，我蒙了，不知该怎么办好。被异性吸引的朦胧感觉谁都有，只是那时候老师总在提醒我。我也感觉压力挺大的，再说她的心理我还不清楚，所以就打消了那念头。但这次……

我加了她的微博，跟她开始了网上相约。白天学业太紧张，晚上临睡前，我们都准时打开手机在网上聊几句，她的心特别细，跟我交往的点滴都写在微博上，我看后觉得心里暖暖的。

一个微雨的下午，我们相约来到了学校后面的渡口边。雨中两人走了好长一段路。直到学校的钟声响起时，我俩才返校，就这样，我俩开始进入恋爱故事中的角色。在各种压力下，我俩仍开辟了一块属于自己的天地。平时在一块儿时总是互相督促对方努力学习，我们都知道，复读生容不得浪漫，只有把爱埋在心底，把对对方的爱转化为学习的动力。假如，故事就这样下去，仍是很美好的，可是偏偏又多了小插曲，便使故事跌宕起伏了。

3月归校后，由于天气较冷，我受了风寒，继而引发了阑尾炎，开始，我只当是感冒，吃了点药，便躺下了。可是，一点都不见好转，而且疼痛愈来愈剧烈。最后不得不住进医院，大夫告诉我要手术。我想现在正处复读紧要阶段，手术恐怕会耽误学习，有没有什么其他的好办法？大夫说先打消炎药试试，如能控制的话就不必手术。于是，我躺在病床上，打起点滴来。病床上的我一直都在痛苦地呻吟。

那晚，我痛晕过去了，再次醒来时，我感觉有双手紧攥着我的手，耳畔还传来时强时弱的啜泣声，凭感觉我知道是谁，因为我父母都还在外地不可能赶回来，而且，我也没让他们知道，免得他们担心。那一刻，我也攥紧了她的手。见我醒过来，她停止了啜泣。但是，我清楚地看到，她脸上的泪痕。她第一句话就问："为什么不让我知道？为什么？我知道你想做男子汉，你想所有一切都自己扛，可是，你知道，我是你女朋友。为什么都不让我知道呢？"那一刻，她很激动，但并不是生气，只是出于爱才那么说的。我紧蹙了一下眉头，哽咽着说："水子，我是怕影响你的心情和学习，况且，大夫说没什么大不了的，所以就……别绷着脸，笑一笑。"我先做了个鬼脸，把她逗笑了。她整整在病房陪了一晚上。第二天清早，她说她去请假，来照顾我。我说不要，反正没什么大不了的，那样会耽误学习。可我无论怎么说，她都不听，最后，还是大夫说，我的病已基本控制住，没什么事。我说："是吧，没事的。"她才依依不舍地离去。然而，午休时，她又跑到医院，并且每顿饭都是她负责张罗的。看着她既要忙学习，又要照顾我，我真是很愧疚。病愈出院后，我俩的感情已更进一层。

4月20日，是她的生日，刚好学校放月假，本来她妈叫她回家，但是，由于我没回家，一个人留在学校，她便决定留下来陪我。那晚，刚好上映那部被炒得沸沸扬扬的精品爱情片，于是，便陪她一块儿去看，两人都被故事中的主人公所感染，走出电影院时，我第一次也是最后一次吻了她……

6月是无情的。有实力的也不一定能跨过那座独木桥。总是有人落水，水子再次成了落水者，就在我知道这结果时，我有种不祥的感觉，我和她恐怕……接到通知书那天，我打电话告诉她。我刚问“水子在家吗”时，电话那端怔了一下，接下来便是忙音，我顿时感觉一片茫然。我在微博上给她留言，告诉她周六下午两点，我在电影院门口等她，可我从那天下午一点半一直等到五点，她始终没来，我新买的一本《青年文摘》都翻完了。

我不甘心，我不想就此放弃，在大学开学前，我敲开了她家的门，门打开后，她见是我，一下就僵住了，呆在门口。我发现她好憔悴，那一天，我终没踏进她家，我被挡在了门外，就这样，我的初恋也被挡在了门外。

在写这个故事时，我已进了京城的一所高校，继续我的梦，同时，我也收到了她没有留地址的包裹，那里面包容了所有我的初恋故事，那一刻我知道，我的初恋就这样夭折了。

（张加明）

昨日的容颜

压抑了许久的感情没理由不爆发出来。一天下晚自习后，我给她写了一条私信：云，我想我们之间的隔阂和误会太多、太深……请再给我一次机会。明天中午放学后操场上见，不见不散。

她叫云，自称是飘浮不定的云，比起我的害羞，她是一个活泼的女孩。我们在同一个班，她很优秀，令我嫉妒的同时，也令我心仪。

在我俩相互见面时，她总以“哈——哈”大笑对视我的忸怩。我不敢相信，但随后，慢慢发现，这是独独对我的。如同一剂勾魂药，我那花季情窦开始怒放，对她有一点点动心。

我与她的心灵渐渐接近，距离也渐渐缩短。干脆，她就搬到我旁边坐下，我们之间隔着一个柜子，中间有一条缝。

上课时，我总是很专心听，生怕漏听一个字，深恐曲解一句话……听得正出神，忽然，身体侧面遭一棒打，顿时，我的脸唰地红了起来。侧头一看，她若无其事，把长尺条放一边冷处理。

接连好几次，不知不觉对她有了一种渴望，有时倒愿让她打。一次自习课上，趁我不注意她又给了我一下，待我偏转脸一看，她早已逃之夭夭，若无其事般坐在那儿假“专心”，我撕了一纸条草草写着：“你何来手长？”捏紧后，扔过去，正好打在她脸蛋儿上。她似乎很惊讶，把头微微一转，哧哧地笑开了花。这时，我才发现她有两个深深的酒窝挂在嘴边，装点着整个笑脸，是那样的纯朴、靓丽，我的脑海立刻如照相般把她“照”了下来。

她也扔了一纸团：“我珍惜你的每一个字。但不好意思，吵着你学习了。”她那俊秀、遒劲的楷体字跃跃然与她甜甜的笑浑然一体。

我对她有了种说不出的感觉，天天想见她，一见她，便觉得人就快活多了；没有见到她，梦里也会见到她。记得一次是在午休时，懵懂地睡着，隐约听到她的声音，我兴奋地从床上跳起，哪知楼外面空寂无人，太阳炙烤着大地，还是午休时分——梦也让人追求……

我们彼此间有了那份情，但谁也没有向谁袒露，一直秘而不宣，两颗心却深情相印。

教室成了我们的“幽会”圣地。我们尽情地说，尽情地笑，始终保持着一种新鲜感。有一天，她在微博上私信给我：“你很可爱，你的爱情设计更可爱。”

我毫不考虑，便半开玩笑地回复：“你喜欢可爱？哦，算是同道。”

她的回复让我吓一跳，竟然是“你设计的爱情里有我吗？”

我不敢相信这就是我的初恋，我对我的矜持，对我的被动感到无从招架。她美丽的令人神怡的笑，在我的头脑中又浮现明朗了。我心一热，冲动的目光从她柔绵绵的细眼经过，交会的眼神里擦出几丝羞赧的、旺热的火花。

“我喜欢你甜甜的笑，喜欢你的纤纤温柔……”写完后有一种快感。

班上开了一次舞会，舞曲吸引着多方来客，同学们学的学，跳的跳，都各自邀请到自己的最佳舞伴。唯有我像游离的人一样，心有所仪，却痴呆地坐在一边，既没去邀请，也没被邀请。云来了，看我坐着，她也坐在一边，过来几个人邀请她她没接受，我站起来，走了出去，走进来又坐了下去；心早就飞给了云，但我却不知所措。时间一秒秒地过去，舞曲一支支过去，云的神情变得肃然、忧伤。我知道云在焦急地等待着，我也在焦急地等待着——云走了过来，伸出纤小的手，我早就轻轻地抓住了她的手，“舞”入人群。许多人投来热辣辣的目光，不知是羡慕还是嘲讽，但我感到害怕。

回到寝室，我与云跳舞这一事早被炒成了新闻。他们胡诌一通，即使我满身是嘴也争辩不清。我的优秀受到无可挽回的挑战，如玉上的一斑点，我更感可怕。传闻如炸了锅似的喷泻出来。我们疏远了，先前的熟悉也变得陌生，谁也不轻易接近谁，在爱的旋涡里煎熬着痛苦。多少次，我在微博里呆呆地望着她的头像，却没有勇气写出半个字。

云进了团委，天天来去匆忙，与各种人都有来往，有时不免使我吃醋。云常与团委的男孩在一块儿，虽然只是工作关系，但我不能不警觉。每次听到有关她的传闻，我再没勇气也再没理由去发展这段情。冥冥中，把“索要”来的她的全部玉照归还了她。

第二天，她的眼红肿得只有我才能辨认。谁知，她孤独的泪花在无情的漫漫长夜消逝了她的容颜，消逝了她的活泼；在手的玉照被遍撒，落得满地都是。中午她在教室里哭了，下午在教室里哭了，还有晚上，第二天、第三天……我的柔弱的灵魂，一夜之间快愁疯了。我背负着巨大责难，心如刀绞，流泪到天明……

压抑了许久的感情没理由不爆发出来。一天下晚自习后，我给她写了一条私信：云，我想我们之间的隔阂和误会太多、太深……请再给我一次机会。明天中午放学后操场上见，不见不散。

第二天，我的心情一直纠结着，我不明不白地伤害了她，她会来吗？课间操时，她没去。回到教室，打开桌子，发现里面有一张纸条，上面写道：对不起，今天我不能陪你出去……你送我的礼物和书信纯洁无瑕，我将保存至永久。

我魂不守舍地朝她的座位上望去，凝聚在她脸上的愁思消失了，漾现出昨日的容颜。我知道懊悔已迟……

（王超）

生命中的最美

晓芬的微博人气很高，2万多粉丝，400多篇原创文字。她笑着说，因为她是女生，用的头像又是很艺术的那种，所以很多无聊的男生会来关注，其实没有多少活跃的粉丝，平时有互动的就更少了。

一个黑色的夏夜，我为了救一个正在遭劫的女孩，一不留心伤了自己的胳膊、肩膀。

“你怎么样？伤得怎么样？”那位女孩赶紧把我扶起来，“谢谢你，谢谢你！你叫什么名字？”

“住哪里？我送你回去。”我强忍着伤口的疼痛，瞥了她一眼淡淡地说。

就这样，我一手捂着还流血不止的伤口，一手握着那根断截的木棍一直把女孩送到了她家门口。一路上任凭女孩千恩万谢，我一直没有开口说话。女孩走了之后，我只记得她的名字叫晓芬。

转眼一个月过去了，我还是像以前那样生活在矛盾、困惑和进退两难的世界里，我渐渐地忘记了那天晚上的事，忘记了那个叫晓芬的女孩子。

一天晚上，同学和我的“兄弟们”为我和另外两名“兄弟”举办了生日会，大家都欣喜若狂，但我却感到十分不安。我完全不属于自己，我的心绪伴随着同学们的歌声飘向窗外静谧的夜空，我宁愿此刻不是我的生日。

正当我丧气地回过头时，忽然瞥见一个熟悉的身影：她竟然就是我救过的那个叫晓芬的女孩。这时，她刚好向我投过来微微的笑意，我心里一震：原来她长得这么漂亮，还很大方，我心头骤然间闪过一阵惊喜和冲动，但我还是装作很平静，漠视不理。那天晚上，晓芬嫣然一笑，对我说：“谢谢你！生日快乐！”

这次生日会，让我和晓芬紧密相连。随后，我们一起散步，坐在江滩边的岩石上，我的心扑通扑通地跳个不停，很激动，声音竟然有些紧张、颤抖：“你……你怎么知道今天是我的生日呢？你是怎么找到……我的呢？”

晓芬侧过头看了看我，眼睛里竟然带着几丝泪花：“谢谢你，我……”原来晓芬中专毕业后出来工作已经两年了，那天晚上，是因为帮同事的儿子辅导功课，回来晚了，在胡同口碰到两名持刀抢劫的歹徒，多亏我挺身而出。这一个月来，晓芬一直都在寻找我，向别人打听我的踪迹，后来终于在一家超市看见我，一直跟踪到学校才知道我原来是重点中学的学生，刚好她有同学也在这里念书，于是知道了我的一些情况。

我们互相交换了联系方式，我叹息道：“我觉得自己特堕落，现在学习这么紧张，我还整天嘻嘻哈哈，跟没事一样。”

“振作起来，挺过高考就是胜利！”晓芬宽慰我。

这时，晓芬来电话了，接完电话，她问我平时上网频繁吗？我说有空会上，玩游戏的时候比较多，有时也玩微博和腾讯QQ。

“真的吗？”晓芬很高兴，“我也玩微博，我是新浪的，你是哪个网站的？”

“我也是新浪微博！”

“我加你关注哈！”

“我也加你！”

晓芬的微博人气很高，2万多粉丝，400多篇原创文字。她笑着说，因为她是女生，用的头像又是很艺术的那种，所以很多无聊的男生会来关注，其实没有多少活跃的粉丝，平时有互动的就更少了。她瞅了瞅我的粉丝数，才70多个，可怜得不能再可怜，我们俩都笑了。为了掩饰我的尴尬，我笑道：“平时多写两个字就会觉得头疼的，所以我这儿几乎没人来。”

“以后我会常来，这样我就知道你每天在忙什么，在干什么，在想什么呢？”晓芬笑得很灿烂。

她这是要研究我啊。

时光荏苒，欢乐的日子总是过得飞快，我在校外租了一间房子，晓芬劝我尽快脱离那帮“兄弟”，专心努力地念书，不要整天无所事事。面对晓芬的关怀备至，我也决心改变以前的生活，重新做回学生。可那帮“兄弟”们却三番五次跑到出租屋来骚扰我，虽然晓芬的厉言疾语使他们有所收敛，但他们依旧对我不依不饶。一次，我跟着他们去跟人谈判，结果打了起来，“兄弟们”扔下我一走了之，我被对方打得半死不活，遍体鳞伤。

养伤的那段时间，晓芬专门请假照顾我。她每天守在床前喂我吃药，帮我洗衣服、做饭。看着晓芬在狭小的屋子里忙忙碌碌的身影，面对着晓芬疲惫的双眼和苍白的脸色，我感到愧疚难当。在晓芬的精心护理下，我的伤很快就痊愈了，我又可以像以前那样打篮球；在晓芬的督促下，我比以前更加努力地学习。而我的那帮“兄弟”因为斗殴被公安抓了，没有了后顾之忧，我的成绩提高得越来越快了。一天，我和晓芬又来到我生日那天去的江滩，还是坐在那岩石上，但我却不再羞怯，捧着一个漂亮的贝壳，向着滚滚的江水、蓝蓝的天空许下了我今生的承诺。

放学后我像往常一样回到出租屋，晚饭已经做好了，但晓芬不在，我寻遍了附近所有的商场都不见晓芬，晓芬去哪里了？我感到有点儿奇怪。晚上上网，收到晓芬在微博里的留言：

> 阿彬，请原谅我的不辞而别。我妈已经将我许配给邻县的一户人家，我想了很久，我们必须分手，我不愿意让你伤心，可我更不能让我的父母失望，我只有选择离开你。
>
> 请你不要再找我，请你原谅我。

晓芬要嫁人？这怎么可能呢？我愕然，心一下凉了，不知所措。冒着夜色我找到了晓芬租住的房子，找到了晓芬。

“一定要分手吗？没有别的解决办法？难道我哪里做错了？难道……”我几乎丧失了理智，捶着街边的墙壁又嚷又叫。

我突然发觉晓芬的脸憔悴得可怕，在昏黄的街灯的照耀下显得愈加苍白，“你是不是病了？”

“我从来都没爱过你……照顾你只是为了报恩，现在恩也应该报完了！”晓芬终于说出了我一直担心的话。

“我想了很久，我必须离开你。对不起，你自己保重吧！”说完，她把我推出了门外。

我失魂落魄地走了，却没想到这竟然是我和晓芬今生最后的一次见面。过了一个星期，我查看晓芬微博的时候发现这么一段话：我喜欢一个人，却没资格爱对方。我不知该怎么解释，离开你不是为了嫁人，我妈也没有将我许配给别人。只希望你以后不要再找我了，我现在挺好的。你要努力，不要辜负你爸妈的期望，争取考个好成绩。高考后我一定会找你………”

这是对我说的话，我顿时明白了，从那以后，我没再去找晓芬。高考终于结束，我舒了长长一口气，是因为高考后的如释重负，更是因为和晓芬见面的时刻终于盼来了。可是晓芬食言了。一天，两天，一个星期，两个星期……高考结束已长达一个月，晓芬却没来找我，她在网上也消失得一干二净。所有晓芬以前去过的地方我都去过了，所有认识晓芬的人我都问过了，却没有她的消息。

我被武汉某重点大学中文系录取的消息传来，家里顿时沸腾了，父母长年紧皱的眉头开始舒展，脸上出现了很自豪的笑容，但我除了感到瞬间的快意后，喜悦随即烟消云散。

酷暑将要结束的时候，我收到了一封私信，是晓芬，那个我朝思暮想的人写来的：

阿彬：

当你看到这封信时，我其实已经远离这个世界了。你不可以悲伤，答应我，你一定要坚强。

3月15日，我正在工作时突然晕倒了，被同事送到医院，后来经检查确定是晚期胃癌，在这个世界上只有4个月时间了。我多么想在剩余的4个月陪伴在你身旁，为你做饭，为你洗衣；但是不行，你还要高考，我不能害了你，请你原谅我。

…………

我走了，别为我伤心，跟你在一起的日子是我这一生最大的幸福。

愿上天保佑你……

晓芬走了，残酷的现实让我知道了事实的真相。原来，晓芬为我做了很多我蒙在鼓里的事，她跟我的交往是背着家里人，后来父母知道后一再阻挠，可她仍然固执不悔地和我在一起。一直以来，晓芬受了家里人的很多委屈，承受了邻居的流言蜚语的打击，但这一切她都忍住不说，她宁愿自己受苦也不愿影响我的情绪，耽误我的学习。

她多么想在离开这个美丽的世界之前再见我一面，可为了让我能更加安心地参加高考，她狠下心放弃了这个机会，而我却一直在埋怨着晓芬，她是睁着眼睛依依不舍地离开的这个世界……

9月初，我必须远赴千里之外的江城武汉上学。心怀无限惆怅，生命的旅途还得走下去，但以后的日子我不会再孤单，因为有晓芬，晓芬是我生命里最美的梦。

（阿彬）

一场游戏一场梦

晚上，我打开电脑，注销了这个名为“秋雨”的微博，我想：网络上的东西根本就不属于我，我也不会属于网络！

我在微博世界里，关注了一个名为“乘风而至”的人，他每天都要写一首诗，短短的几句，读来沁人心脾。每写一首诗，这位仁兄都会署名“程风”，并且严正声明“版权所有，侵权必究”。

我在他的文章后面留下评论，请问你的brother是否是“程雨”？

哪知刚发过去他马上回了信息：“哇！真是奇女子，你咋知道咱哥的大名？不过，你只猜对了一半，我还有弟弟叫程雷呢！哈哈……”

我忍不住笑了，还真有此事？！可他们家怎么生了这么多男孩？没想到心事被他猜穿：“嘿，你心里一定在犯嘀咕吧，别惊讶，我和弟弟是双胞胎，我老爸老妈也不想要这么多的，孩子多了，的确麻烦，是个负担！”

都像他们这样，中国的计划生育大计岂不是要泡汤？换个话题吧！我发条信息过去：老兄，请问高龄几何？

他写的是：高龄91的数字“9”、“1”换个位置，还有啥要调查的？请放开胆子问，如果你的胆子不够大，还有俺的，俺无偿奉借……

哦，他还蛮“慷慨”的嘛，我对他说：MY胆子能与天公试比大，你能告诉我什么？就一口说出吧！不要拐弯抹角的累得慌。

他简直是以惊人的速度回复私信：“我还以为你是个温柔忧郁的妞子呢，没想到你这么坦白直率。听好了，咱下面说的句句属实——暂住：××××××；邮编：××××××；TLE：××××××；家庭排位：老二；爱好：调侃；职业：学生；学位：大二；愿望：待定……”

“嗬，这么老实？我可不是查户口的哦！”

“我自愿的，小姐，不赖你。”

看了他的地址，我更惊讶了，他的个人资料里写的是南京人，住地却与我在同一座城市。我兴奋地告诉他，我们在同一座城市里哎！

他显得与我一样惊讶，随即打了一行“网语”过来：#@% ~*^_^ ^_^

前面的我不懂，也许是瞎打的吧！但后面两个可难不住我，那是指“微笑”。他肯定很高兴，我心想。

还没来得及回答，他的私信又过来了。他说：看你这人不错，我能实现与网友见面的愿望吗？

“你怎么知道我这人不错？”

“直觉！”

“有时候人的直觉是不准的！”

“但我相信自己的判断不会错！”

My God！他居然把见网友当作愿望！不过看他应该不是坏人，就算我做个顺水人情，帮他圆一个愿望吧！我回复道：“当然可以！”

“你这句话太让我兴奋了，我得好好调养自己，免得见到你，你还以为见到了非洲人，因为我很黑。哈哈……”

“难道你一点都不想了解一下我的情况？”我嗒嗒打下这行字，发送。一般来说，网上的每个人都在极力伪装自己，对于个人的真实信息向来讳莫如深，总想着窥探他人的隐私，哪有像他这样一上阵就将自己完全暴露的？唉，可怜的程风，跟我一样，是只天真的菜鸟，犯着幼稚病呢！

他回复道：“想了解啊！但我认为：一切自然会云破天开！我得下了，希望下次能再次看到你！3166！”

我知道，“3166”是日语“沙扬娜拉”，翻译过来是“再见”的意思，不知道能否真的再见，或是微博，或是现实中。只是觉得他蛮有趣，如果和他做朋友一定很开心。

由于琐事太多，从那以后很长时间都无暇顾及上网。一次偷空，我打开电脑进入微博，程风不在，不过他给我留了十多条私信，每天一条。难道他天天都来上网？真没想到彼此之间才短短地聊了那么一会儿，他还常给我留信息。

“看来网络上并非全是些不可相信的，大多还是能成为以诚相待的朋友！”我心想。为了证实他发过来的资料的真实性，我打了个电话过去求证。

对方拿起话筒自我介绍："我是程风，请问你是哪位？"

我说："程风同志……"

刚开口，电话那头叫了起来："你是秋雨！"

这回轮到我诧异了，毕竟我们并未通话甚至通过文字交流还不过半小时，他怎么能够一下子叫出我的名字呢？

"你怎么知道？"我不解地问。

电话那头传出舒心的声音，他清了清嗓子，说："你的个性告诉我的！我就知道你不会就此在网上消失，更不会不理我的！"

看他扬扬得意的样子，我真不忍心打击他，要是换了平时，我一定要滔滔不绝地贫道："才不是呢，我只是闲着无聊顺带着想起你罢了！……"我非常佩服他敏锐的思维，随后我们简单地聊了几句，挂了电话。

这天晚上，我在微博里收到他的信息：请于明日下午3：00在城北雨巷的石狮下等，戴着一顶灰色太阳帽的年轻人就是我。不见不散！程风。

如果现实中的程风真的如网络上表现得这么优秀，也许……想到这里，我的脸一下子红了。至少能做个好朋友吧！思前想后，我决定去了。

第二天下午，我打扮了一番，提前半小时到达了约会地点。

雨巷是我们这座城市远近闻名的一条古巷。我也不知道它为什么叫"雨巷"，也许连我奶奶的奶奶也不知道。雨巷那清一色的大理石垒成的墙受雨水的冲刷和浸润，现在宛若成了青苔的驻地，偶尔还看见几株小树倔强地把根插进石缝里，小枝杈为了展示自己，随风轻轻地摇摆，的确是一个充满诗意的浪漫之所，我在心里暗暗赞叹。

我并未拘泥于巷口的狮子旁，今天人太少，孤零零地站在那儿，心里有点儿发怵。反正时间还早，随便逛逛吧！越想，我的心情越紧张，为了缓解压力，我开始沿着雨巷来回徘徊，幽静的雨巷在这段时间好像只容纳我一个人。记得以往这个时候，是有好多人来散步的，今天却不知道都到哪儿去了，半天才出现一个。

我的心情有些紧张，在脑子里勾勒着程风的样子，想象着等会儿见面会是怎样的一幅情景，他会不会手捧玫瑰，笑容可掬地出现在我的面前？玫瑰啊，那可是别有意味的哦，想想都让人有些心跳……

约定的时间快到了，我心情焦急，不停地看表，心想：如果那个程风不按时到达，我马上走人！以后再也不相信他了。

应该不会的，我安慰自己。

正当我纳闷儿之时，听到一个陌生的声音在喊："秋雨小姐！"

啊，我感到内心收缩，寻声望去，一顶灰色的太阳帽马上映入我的眼帘，接着是一个鼻梁上架着一副墨镜的男孩，看到他这副德行，我实在不能把他与那个我认为是赤诚的男孩联系在一起！还什么玫瑰呢，手里空荡荡的，羞死我了！

唉，我想到了千百种可能，却偏偏没有料到见面之时会是这样。在这个诗意十足的空间里，发生了一场并不浪漫的约会——男孩太平凡，太不起眼了。我感到有些失望，尽管我曾告诫过自己多次：外表并不重要！然而心里仍旧有些障碍。

既来之，则安之，怎么着也得打个招呼吧！我走上前去，小心翼翼地问对方："请问你是程风吗？"

"哈哈……"他居然笑了起来，"我哪是？程风是咱的哥们儿，哥儿几个打赌：谁能先在网上找个博友并能以最快的速度约定见面，哥儿几个就会请他蹦迪！程风赢了，这小子还真有一手！你倒真来了！哈哈……他给你的地址和电话号码都是我的，你不必生气，怪你太相信网络，如果你没什么要说的，我就走了！"

他说得那么轻松，我却觉得自己快要窒息了……

我太相信网络？我在心里寻思着。是啊，怪我太相信网络，本来网络与现实是永远走不到一起的，我应该早就知道的。

我出奇的平静，轻轻地朝那个近似社会小混混的人摆摆头，他摘下那顶刚才在我想象中能让人激动的帽子，朝我摆摆手，"潇洒"地转身走了，那满头彩色的头发随着风像在我的眼前飘个不停，渐渐消失。

在短短的几分钟内，我的心情经历了大起大落，期盼——紧张——徘徊——惊讶——失望——绝望！

本以为程风是个与众不同的人，没料到这一切是缥缈的梦，而他竟然如此残忍！是他骗了我吗？是我输给了自己吧！或者说是我输给了一场赌局，我的心里隐隐有些难过。

晚上，我打开电脑，注销了这个名为"秋雨"的微博，我想：网络上的东西根本就不属于我，我也不会属于网络！

（秋雨）

青春的野草在疯长

好友怪我太不懂得保护自己了，怎么把与女生的交流公开在微博上？这么多人在微博上转悠，我的心思早被人琢磨透了。我愣住了，其实我什么都不怕，怕就怕他们用异样的眼光去看她，从而影响了她。

实在感觉不到一天是怎么度过的，焦躁与不安缠绕着我，这是我有生以来最紧张的一天，从未品尝过的滋味在我的心头滚过。

我没能约束住自己，任青春的激情在无边的草原上奔腾，给她发了一条私信，接下来便是漫长的等待，A、B、C与X、Y、Z变得陌生起来，杜甫与关汉卿不再理我，只能孤独地盯着窗外的蓝天。她会不会拒绝我呢？种种思绪涌上心头，谁说“少年不识愁滋味”？一个情字困住了多少英雄好汉。何况我这个可怜虫！

也许从认识她那天起我就犯下了错误，每天的微博日记里充满了她的影子，青春的情感像疯长的荒草越割越旺盛，我害怕过，逃避过。可一切都是徒劳，她的影子越来越清晰，尤其近几天来，更是越来越猛地攻击我脆弱的防线，终于，压抑了许久的情感如火山喷发般喷了出来，吞没了理智与无力的誓言。

还未得到她的回音，但一切已无法挽回，极不自然地坐着，心头又有了些许懊悔，为什么拿我们纯洁的友谊做赌注呢？想一想往日她纯真的样子，我却心怀不轨，非要迈出那一步，我真恨我自己！现在的我就像一头被关进笼子里的野兽！

苦苦地等了两天，漫长纷乱的两天让我想了很多很多，我这样做到底正不正确，我自己也无法说清楚，我已经到了执迷不悟的境地，抱着也许不切实际的幻想，总想拥有自己的浪漫，终将为此付出惨重的代价。

这天上午，我用手机上网，收到她给我的回音，尽管只是微博里简短的几句话，我却如遭晴天霹雳。残酷的现实将我的心击碎，她非常非常委婉地拒绝了我，并且没有一丝责备，反而鼓励我“相信自己，你一定能行”。忍不住内心的狂跳，却欲哭无泪，我体会到了什么是真正的失落，一切变得索然无味，愁云将我紧紧地包围。

在街上漫无目的地晃着，任长长的头发遮住双眼，失魂落魄。我已不敢再去嘲笑在电视、杂志上看到的痴情男女，我能体会到爱的力量有多么伟大了，那种力量可以让你去做任何事情——为了对方。

百无聊赖地在教室后面坐着，突然有个同学同我开玩笑，以前我能说能笑，可以随意闹着玩，而现在呢？烦着呢，他却不依不饶，竟拿这件事对我开涮。我直直地盯着他，仿佛在盯着一只臭苍蝇。我搞不懂他是怎么知道这些的，才刚刚两天啊！下午又有几个人挑逗我，好友怪我太不懂得保护自己了，怎么把与女生的交流公开在微博上？这么多人在微博上转悠，我的心思早被人琢磨透了。我愣住了，其实我什么都不怕，怕就怕他们用异样的眼光去看她，从而影响了她。

我无法描述自己的心情，感到就像是这个世界的弃儿，被孤零零地抛在了大街上。你们一切都冲着我来吧，本已鲜血横流，何必在乎再被戳上一刀！

在痛苦与无奈中挣扎着，满脑子乱哄哄的，多少伤心事包围着我，仿佛要把我撕裂，只觉得到处是讥笑，到处是指责，连走路时也不敢东张西望了。唉，整天像个贼似的处处躲藏，青春的荒草已将我吞没。

我实在没想到自己会这么不堪一击。也许是从未品尝过这种滋味的缘故吧。而她呢？我偷偷地发现她也不再似以前那般笑声连连，呆呆地坐着，只有手中的笔在不停地翻转，她也许比我还难过。一切都是我的错，我只能摇着麻木的脑袋苦笑，作诗的闲情逸致已荡然无存。

晚上，我又按捺不住了，与其彼此在痛苦中挣扎，不如进行一次对话，那样心里也许会好受些。尽管我们偶尔还说几次话，但我能觉察到我们之间已不可避免地竖起了一堵墙，她在那边，我在这边……尽管她宽宏大量地原谅了我的错误，但我已没有了再去面对她的勇气，可逃避能解决问题吗？

我装作若无其事的样子踱到了她身边，用极低的声音问她：“可不可以出去一下，我有事对你说。”她抬起头，看了我一眼，爽快地答应了。一刹那，我又看到了那双让我心荡神迷的大眼睛，但我已无法去欣赏。

漆黑的操场上让人难辨彼此，幸亏我手中有用报纸包着的臭鞋垫，她手中有一个包，她甩，我摇，像两个特务接头似的我们对上了暗号。我实在没有这方面的经验，只是反反复复地说："我无意在微博上诋毁你，希望你不要放在心上，如果影响了你学习，我一辈子也不会原谅自己。"我当时真是太傻了，可能吗？谁能将自己的感情随手处置呢，我自己不也是在痛苦的边缘挣扎吗？遥望幽深的夜空，她竟然还能笑出来，还蹦蹦跳跳的，这不正是我所喜欢的性格吗？也许我未将许多心里话说出来是正确的，至少不会让她有太大的压力。

可能她更不愿去面对让她伤心的我，斥责我整天胡思乱想些什么，最后硬是将我赶了回来……

晃荡在僻巷中，我只觉得胸口有一团火，在烘烤着我，整个身体几欲炸裂，老天爷，你为何这么折磨我，偏偏选中我，为什么？

点燃有生以来第一支香烟，呛人的烟草味中，华仔的"给我一杯忘情水，换我一生不流泪"响起在了耳边，男儿的泪无声无息地滑进嘴中，咸咸的、涩涩的……

青春的野草还在生长，我是继续割还是任其疯长呢？谁能告诉我……

也许这一切都太突然了，让我不知所措，只能独吟独唱，伴着伤心、失望和懊悔，坐在小河边，听淙淙水声，望悠悠白云，痛苦并快乐着？我能做到吗？

（陈月兵）

旁边的女孩

接连几天，我们在网上都没遇到。我在深夜上网，她在白天。寒冷的黑夜中，我看着她白天在微博里送给我的问候，暖暖的带着阳光。我尽情地倾诉我对她的感觉，说着见面时不敢说的话。

走在无人的街道中，看着漫天的雪花。把衣领竖起，抵挡着寒意的侵蚀。我之所以走出温暖的房间，只是因为我无所事事。独自一人在异乡求学，给我的感觉只有孤寂。无聊、郁闷凶猛地占据着我的每时每刻。

飞雪的寒冬终于击败我脆弱的意志，我匆匆走进路边的网吧，排遣无聊的心情。

坐在电脑前，觉得似乎无事可干。只好听听音乐，打开QQ和微博，随便找陌生人发泄自己多余的感情。

正当我对着电脑毫无表情地回答着千篇一律的问话时，我的目光被身旁的女孩所占据，看得出她也是一个在异乡孤单的人。但她有一种自得其乐的感觉。好像自身就是一个静静的世界，她的嘴角挂着微笑。不时的笑意感染了我。我懦懦地张开口，面带僵硬的傻笑："可以给我你的QQ号吗？"没有称呼，因我不知如何称呼她。旁边那位女孩面带微笑，望着我的电脑屏幕，轻声细语地问道："你的微博界面很漂亮啊！你自己设计的吗？"我说是。她说："你真有才！我先加你微博，一会儿你再加我QQ。"

我们互相加了微博关注，知道了彼此的名字。又加了QQ号码，她的昵称让人感觉温暖，叫梦儿。那也是她给我的感觉，在自己梦境中自得其乐的女孩。

我们听着音乐，浏览着她微博的照片，在QQ上随意地闲聊着。虽然她跟我同龄，但是她去过的地方真多，她去过山东，去过河北，还去过湖南和江西，而我，到现在还没出过省。通过聊天，我知道自己和她同校，虽然她的脸上挂着笑，可是灵性的眼中掩饰不了落寞。她说她喜欢夜，因为宁静、神秘而且黑暗。我愣住不知说什么才好，因为我们有共同的喜好。彼此知道对方心底的渴望，也就不需要语言来衬托。

默默地听着音乐，我问她喜欢的城市，她说了一个大都市的名字。据说那儿黑夜就像白昼一样，人们不知疲倦地运转，可是我不喜欢，我讨厌它的喧哗。

聊起各自的喜好，我说我平时就喜欢写自己的幻觉，充满颓废与无奈。她转过头对我笑了笑，笑中有着一丝怜惜与嘲弄，还有我自认为看出的落寞。

我说你是一个孤独的女孩。她否认，她说我不，我很快乐。语气中有着坚定，也许只是我们对孤独的不同理解。

同时走出网吧，顶着大片的雪花，一起微笑着走回校园。我欲言又止想给她一个约定。她看出我的窘迫，带着微笑对我说随缘吧。淡淡的，让我平静。

在回来的路上雪花上留下两行脚印，不再是来时的孤单独行。

接连几天，我们在网上都没遇到。我在深夜上网，她在白天。寒冷的黑夜中，我看着她白天在微博里送给我的问候，暖暖的带着阳光。我尽情地倾诉我对她的感觉，说着见面时不敢说的话。她一味地给我微笑，我不再依赖缘分。

我在留言中，告诉她三天后的中午，我会在网上等她，有一个小时的时间可以交流，到时不见不散。

一小时就是60分钟，60分钟后我会离开。让彼此错过，这也许就是我对“缘”的理解。

现在我正听着音乐期待她的到来，也许我们最后会错过，但我无怨无悔。

而她，真的没来……

（吴钟）

微博间的平行线

我在微博里给他留下最后一条信息，然后从此尘封了微博。我告诉他：祝你有好的前程，交一个更好的女朋友，一生幸福！

与他相识在微博里。

男孩说："好在是在微博里认识的，如果是在QQ上，你都不知道企鹅背后隐藏的那个可恶的家伙到底是谁！"听他这么说，我一脸错愕，他告诉我，当初他们宿舍只有一台电脑，几个人共用一台机子，为了谁多玩一会儿游戏都能使出蛮力竞争，甚至，他们共用着一个叫"302宿舍"的QQ号码，跟一个姑娘聊，等于是跟全宿舍的人聊，哪还有秘密可言。

"他们几个都是粗人，只知道打球、说脏话和MM，不喜欢文绉绉的微博，我这才有了点儿隐私的空间。"男孩笑着说。

原来如此。

微博认识之后，我们有时候在微博里你来我往地聊着，有时也会写邮件给对方，聊着一天天如水的生活，聊着彼此的心事。

聊了没多久，他毕业了，找到了一份令人羡慕的工作。随着网上的交流越来越深，我发现自己有点儿喜欢上了这个聪明、风趣的男孩。他对我似乎也颇有好感。他私信给我，要我把电话号码告诉给他。我反问："为什么要给你电话号码？咱们很熟吗？"

"咱们是朋友，对吗？我后天生日，难道你不该祝贺我一下吗？"他回复我。

于是交换了电话号码，我们又开始了"电话诉衷肠"。气氛一直都很融洽，关系也在一步步地升级。我经常幻想着他的样子，他说话那么好听，形象应该挺阳光的；他的微博写得那么文采飞扬，兴许还戴着眼镜。我对他的好奇与日俱增，我想"好事多磨"，如果等待可以换来一段美好，那么我愿意等待，总有一天我会掀开这家伙的庐山真面目。

终于有一天，他说想见我，可是声音中少了以往的阳光，有的只是无穷的伤悲。他怎么了？我感到惶惑。第一次与网友见面，竟然不是怀着兴奋的心情，而是对他深深的担心。

为了安全起见，我约他在学校见面。他与我想象中的形象非常接近，戴一副无框眼镜，很斯文，也很有气质，身材健美，一看就知道是个体育运动能手。

至今我还记得见面时他对我说的第一句话不是“你好”，而是“我要告诉你一件事，你听了也许再也不会理我，但我还是要说”。

“是不是你已经有女朋友了？”不知哪儿来的勇气，我竟如此镇定地冒出了这么一句话。

“不，是……是我就要去深圳了，我们单位在那边拓展市场，把我派到那边去了。”他顿了顿说，“我本想拒绝，可是话未出口，经理的手就拍到了我的肩膀上，他让我好好干，以后独当一面。”说这话的时候，他一脸愁容。

此时虽然万里无云，但我真的听到了隆隆的雷声。

“这次到深圳，对于工作来说，我知道会上一个大的台阶。可是我最舍不得的就是你了。我们在微博上认识，现在却要在现实中说再见。曾经，我以为你就是我生命中的那个小天使，认识你之后，一切都变得顺利起来。在不知不觉中，我发现假如哪天不与你聊天，那么心中就像丢了什么东西似的难受，我想我是真的爱上了你。”

我什么也没说，只是静静地听他说着，静候命运对我的宣判。

“我无法兑现对你许下的诺言，无法给你一辈子的守候。”他呢喃着。

我本想说今后还有的是见面的机会，可我无法说出这些虚无缥缈的话，以后谁知道呢？以后的以后，谁又知道谁是谁的谁呢？我们谁也给不了对方承诺。

那天他说了许多的对不起，我告诉他谁也没有对不起我，我不需要道歉，只愿他好好工作，别忘了我们曾经真诚地相待过。

晚上，我像往常一样打开电脑上网，可是没有他的身影。我等啊等，等到心中没有了任何感觉。我笑，笑自己傻，他就要走了，正忙着装备，忙着告别，不再无聊地依靠网络来消磨时间。

他去南方前的那些时日，我依然准时上网，因为偶尔还可以遇见他，与他聊一会儿天，有时可以收到他发来的私信或邮件。

临走前的那天晚上，他打来电话，让我每天按时吃饭，别整天盯着书看，这样对眼睛不好，还说以后仍旧可以在网上聊天。

听到他的建议，我什么也没有说。

他乘坐的那趟航班起飞了，那一刻，我心里空落落的。那一天，我想了很多，打完了手机里最后一毛钱直至停机，然后上网删除了他的QQ，同时也删去电脑中所有与他有关的信息，因为我们的生命线再也不会有交集。虽然人脑中的信息永远不会磨灭。

我在微博里给他留下最后一条信息，然后从此尘封了微博。我告诉他：祝你有好的前程，交一个更好的女朋友，一生幸福！

（陈丽玲）

微博账本

我创造性地将微博做成了生活账本，花的每一笔钱都在上面如实记录，比如说今天买了一本书，明天吃了一桶方便面，后天充了100块钱饭卡，大后天跟朋友一起郊游花了路费多少、门票几何……用微博记账可以说是本人的独创，在整个微博界好像没见过第二人。

谁能回答我，网络世界里有真心的爱情吗？如果说没有，又有开花结果最终走到一起的；如果说有，为什么我的遭遇如此心酸？

之前，我相信网络世界是有真爱的，因为网络背后也是现实生活中一个又一个真实的个体，但是真实的网恋可遇不可求。我从广西南宁，来到遥远的北方哈尔滨，开始大学生活。刚来学校，朋友不多，我有点儿逃避现实，虽对现实中的爱情有所期待，却又感到身边的爱情不够刺激，要么平淡交往，要么吵吵闹闹，而我希望寻求一种比较刺激的爱情经历！

我经常上网聊天，还创造性地将微博做成了生活账本，花的每一笔钱都在上面如实记录，比如说今天买了一本书，明天吃了一桶方便面，后天充了100块钱饭卡，大后天跟朋友一起郊游花了路费多少、门票几何……用微博记账可以说是本人的独创，在整个微博界好像没见过第二人。

雪关注了我，她在我的某天的账单后面评论道："太有意思了，你都记了这么久啊？我草草地浏览了一下，你花钱不多，挺节省的。"

我在后面评论道："养成记账的好习惯，再花钱的时候心里有紧迫感。"

"那我得跟你学习，我老用信用卡，花钱的时候没感觉，还钱的时候那叫一个心疼啊！"

一来二往，我们熟识了。遇到雪是我的幸运，她改变了我的生活，我的浪漫故事也从此开始。经过深入了解，我们对对方均产生了好感，迅速开始了火热的恋情……

雪是一个非常有才华的女孩，长得很漂亮，身边追求者众多，但她都拒绝了，她说她知道被人甩的感觉，不会轻易再被人愚弄。通过聊天得知，我俩家都在南宁，离得还特别近，走路20多分钟就能到。在此之前，我们无缘得见，如今借着网络和电话，我们却紧紧联系在了一起。尽管见不到对方，但我很满足，因为我们的心在一起，这就是幸福。我对雪的爱与日俱增，我向她承诺将来我一定要娶她为妻，大学毕业后我们就结婚。她也承诺说非我不嫁！

我们在一起度过最快乐的一段时光，我依旧在网上等着跟她视频聊天，在微博上记着我的流水账，有段时间她很忙，上网少了。我以为纯属正常，可没想到变故却随之而来。

一天，我登录微博，收到两封私信，没想到竟然是两封绝情的分手信。她在第一封私信里提出和我分手，她说她一直隐瞒了我一件事，其实她最爱的人并不是我，而是和她青梅竹马的前任男友，我只不过是她心情低落时，临时的一个感情替代品，一个挡箭牌；第二封私信里，她补充解释当初之所以接受我的爱，是因为在认识我不久前，男孩抛弃了她，她很生气，也很伤心。于是，和我在一起，打算气气前任男朋友……如今，男孩又回到了她身边，她只有无情地抛弃我，和他破镜重圆。

我看完这两封私信，不敢相信这一切就是事实。我打了无数次电话问她，结果竟然和信里一样，她不再爱我了，她甚至觉得自己从未爱过我。我很伤心，问她为什么这样做，她也伤心地告诉我，她对不起我，希望我原谅她。

“也许我曾经喜欢过你，但那可能不是爱。”她甚至坦诚当初她的本意只是想玩弄我的感情，但是她万万没有想到我对她会这么好，她的心动摇了，假如前男友不再回头，她或许会和我在一起，长相厮守。但现在，他们的朋友，甚至双方的父母，都希望他们俩和好，因为大人们已经知道了他们之间的事，双方父母希望他们大学毕业后结婚。面对选择，她很痛苦，她只能选择他，而不是我，毕竟我们相识的时间太短，也从未见过面，缺乏真实的感情基础。

我想通了，或许我们只是有那么几许擦肩而过的缘分，不可能在一起的。她告诉我，她会永远记住我，记得我们在一起的日子。她希望我忘记她，重新找一个比她更好的女朋友，幸福地生活。

说完这些话，她都快要哭了，我心里也很难过，我问她能不能最后见我一面，因为我舍不得离开她，不愿意失去她，她回答说她不能见我，因为无法面对我，也不想再伤害我了。

我很伤心，心彻底碎了，我很想哭，但我哭不出来，因为我的眼泪已经干了。更何况，我是一个男孩，男人的眼泪是不能轻易落下的，我注定只有把悲伤保留在心中，铭记住这段痛苦的记忆！

（张楠）

认识你真好

电影中的浪漫情节发生在了我的身上。没想到的是，那个每天在微博世界里点评我的男孩，竟然是几乎每天与我比邻而坐，而又擦肩而过的，英俊潇洒的他。

我和他，那是一个玄妙的相知。

有一段时间，极大的学习压力与生活的简单空虚几乎使我窒息，终于决定逃脱喧嚣的城市和陌生的人群，借助网络的虚拟空间宣泄情感。于是借助微博，在里面涂鸦似的胡乱写些东西。目的很单纯，只是为了发泄。后来，始料不及地看到了很多简单而温情的回复，这些竟使我感到了些许莫名的满足。于是，像上了瘾似的每天不停地发微博和回帖，享受着与人互动时的那份自得，体味着阅读评论时的那份温暖与感激。

时间久了，我发现在自己每一条微博后面都会看到他的名字。

我们就这样一来一往地以对话的方式交流着。在这个虚拟的世界，交换着真实，触摸着灵魂，冲撞着情感。

电影中的浪漫情节发生在了我的身上。没想到的是，那个每天在微博世界里点评我的男孩，竟然是几乎每天与我比邻而坐，而又擦肩而过的，英俊潇洒的他。

是他那天在网吧无意间看到了我经常登录的网页，然后默记于心，有心与我交心。这么说，是我自己把他带到了那里。

爱情这种玄妙的东西，因为神秘而美丽，美丽得让人晕眩。

总是想不通，爱流浪的他，是受命运的召唤到这里来与我相遇吗？又是什么吸引着他在此停留？难道这就是冥冥中的安排，难道宿命真是有定数的，他是否是我那命定的人？

还记得我们第一次正式约会是在一个幽静的咖啡馆里。他并未发觉开始时我有些凌乱的话语和不停地搅拌咖啡的动作，正如我也没有发觉到他的局促。

我爱听他讲他的故事，讲大学的同学，讲初恋的情人，讲萍水相逢的朋友，讲曾去过的地方，讲传奇的际遇，讲梦中故乡的戈壁滩。他讲得投入，我听得入迷。他总是很爱笑，分明的棱角和俊朗的笑容，像盛夏的向日葵，灿烂而健康，让我感到甜蜜而晕眩。

最难忘的还是在河边的那夜。初春的凉风使我们依偎在一起，我背靠在他的怀里。城市灰暗阴霾的天空依旧没有多少星，望着天空，感觉有些恍惚和失落。断断续续地说着些残缺的只言片语，回忆着过去。而他只是紧紧地抱着我，静静地听，柔软的双唇不时在我的长发上轻吻。我在他的气息中取暖，得到呵护和安慰。那种气息像父亲、像兄长，使我温暖。

我喜欢他紧紧地搂着我，我们一起看星星，看日出，那种温暖、那种亲密的感觉，仿佛整个世界都是我们的，这种近距离的合二为一的亲密感让我感到一种强烈的安全感。我总是会扑到他的怀里，亲吻他那温热的双唇，他从不躲闪，宠溺般地迎合着。他的气息通过湿润的舌尖传遍我的全身，那种感觉安全而又踏实。

流浪是我们共同的梦想，他总是畅想以后要带着我游遍地球的每一个角落。人生如同旅途，遥远而漫长，我相信他也会陪着我一同走下去。

（李晓林）

假如不曾认识你

可能是因为我在微博上研究做菜，吸引了她的注意，她评论道："你是厨师吗？"我回复："不好意思，我是一名学生，不是厨师。""咦，男孩研究做菜啊，有意思！"我们同时在线，通过微博私信聊了起来。

在生活中难觅异性知己，与人交往时又少言寡语，我没有一个异性朋友。即使是相处几年的女同学，我也很少和她们说话。接触网络之后，我深深地爱上了它。

我在网上玩得最多的是斗地主游戏，舍友见后，说："别这么没出息好不好？干点有意义的事。"我反问："什么是有意义的事？""有意义的事就是别斗地主，有意义的事就是看看书，写写东西，总之什么都比打牌有意义。"我感觉此君所言极是。于是乎，我改写微博了。

微博上转发者居多，有特色的很少，我对做饭比较感兴趣，专门研究八大菜系，连图带文，算是学习，也算是传播饮食文化。虽然宿舍没有条件做饭，但是我在心里默记着各式菜肴的用料、做法，也颇有心得。不过，在我看来，寻常过日子，严格按照菜谱做菜几乎是不可能的，一方面是料不全，另一方面做起来太麻烦，好多菜肴不仅是为了好吃，还是为了好看。

可能是因为我在微博上研究做菜，吸引了她的注意，她评论道："你是厨师吗？"我回复："不好意思，我是一名学生，不是厨师。""咦，男孩研究做菜啊，有意思！"我们同时在线，通过微博私信聊了起来。

"冒昧地问，你多大了，喜欢做菜吗？"我问道。

"是啊，我在家经常做菜的。你呢？"她问我。

"不好意思，我不过是纸上谈兵，从来没做过饭。也许以后我会尝试的，但我会经常研究菜谱，能够指挥别人做菜。"我坦言。

“呵呵，是掺和吧！谁在厨房做饭，愿意别人在旁边指指点点呢？”

“那也不一定，万一我言之有理呢！”

在接下来的几天里，我和她聊得火热。我们约时间上网，互发电子邮件，还通过几次电话。这也许就是现在人们所说的网恋吧。但那时，我和她之前却是一种真诚的朋友关系，因为我怕“见光死”，而她则说家里给她介绍了一个男朋友。因为网上交流时，我和她都是诚实的，所以在这100多天里我了解了她，她也了解了我。她比我大几个月，安徽人，父母离婚后，因为她妈妈身体不好，她辍学回家，一边照顾身体有病的妈妈，一边挣钱养家。对比她的人生经历，我觉得她真是一个懂事的女孩。

一天，她对我说：“我今天按照你微博上提供的菜单，做了一道美味的武昌鱼，我妈吃了之后，说特好吃，真的是要谢谢你。”

“傻丫头，我们之间还要说谢谢啊！”

聊了3个多月后，正好她来我所在的这座城市办事，于是我们约定见面。她来的那天，正值同舍兄弟过生日，几个男生中午下饭馆吃饭，五个人喝了两瓶白酒，喝完之后我都不知道自己是怎么回的宿舍，昏睡了一下午。醒来，已是傍晚6点多，我感到微微有些头疼，挣扎着爬起来，一看手机，20多个未接来电。糟糕，她来了，我竟然没去火车站接她！

我赶紧回她电话，打了不下20遍，可一直是无法接通。我快疯了，心里自责着，抱着侥幸的心理，我冲到网上，幸好她在。她很郁闷地对我说：“我下车之后，一直联系不上你，只能到网吧上网，消磨一下时光。”我一个劲儿地说对不起。

我立即打车去她所在的地方。见面之后，在人群中一眼就认出了她，其实靠的不是眼睛，而是我的心。见面之后，她气急了，狠狠地给了我一拳。看着她那焦急的表情，我不好意思地笑笑。

那几天，我们去了很多地方，广场、公园、博物馆等。我无法自拔，越陷越深，直到疯狂！她是喜欢我的，她承认我对她特别好，但她不能和我在一起，因为她已有了男朋友。虽然她的男朋友条件不如我。我被她对感情的忠诚感动所折服。我答应了她的要求，离开她。

今年2月13日的时候，我和她在电话里，也是最后一次通电话，她说要好好对自己的男朋友，过幸福的生活。我保证不再给她打电话了，而且我们把彼此在微博和QQ上的交流都删了。这半年多发生了很多事情，很多令我们开心或烦心的事，直到此刻大幕落下了。

（王翰）

邂逅与分别

我在微博里感叹着人生，结交的那些粉丝很快便评论转发，居然有个傻瓜问我是男是女，我觉得真好笑，看我这头像，看我写东西的风格，分明就是个女生嘛。我的回答简单而真实："女，北京，23。拜托以后不要再问此类'单调'的问题了好吗？"

电脑旁边的小猫，摇着尾巴正四处嗅着寻找食物。这次我没有如以往般将小白轻揽在怀里，任它怀着希望地蹭着我的脚跟。我在网络世界里，隐藏了身份和面容，躲在虚拟的符号称谓后面，和一个个陌生的人说着话。随时对谈，随时离开，随时出现，随时消失。可以随兴地用键盘谈着一场没有花朵的恋爱，可以听许多人说我爱你，厌倦了不用说再见，毫无后患。这是一个不需要真诚和诺言的地方。

猫的声音嘶哑、持续，呆望了一阵见我毫无表示，怏怏离开，懒懒地踱步到室外，躺在阳光下晒着肚皮。

我在微博里感叹着人生，结交的那些粉丝很快便评论转发，居然有个傻瓜问我是男是女，我觉得真好笑，看我这头像，看我写作风格，分明就是个女生嘛。我的回答简单而真实："女，北京，23。拜托以后不要再问此类'单调'的问题了好吗？"

"不好意思。习惯了网络世界的伪装，我不能轻信你的头像，请原谅我的无意冒犯。"他回复道。哦，原来不是白痴，是怕被人愚弄的笨小孩。

我对他的戒心顿时放松了不少，在微博里交流，有时候很快就能对上话，有时要等很久。我游离在网络中无比喧嚣的边缘，咖啡每次由滚烫变得冰冷。

"记忆中，总抹不去那个一袭白裙，一抹浅笑的身影，巧笑嫣然，衣袂飘飘。叮咚如泉的钢琴曲，轻轻流淌过如歌的岁月。积淀下来的，只是越来越深的思念。浓浓的茶香，挥之不去，总在梦中萦绕我心底绵远的呼唤。也许，最美的故事往往都没有结局，我也不敢奢望能够圆了这个梦。”这是笨小孩写下的微博，看来是位多愁善感的主儿。

“我其实喜欢这种温暖的、偶然的邂逅，灵感的火花会点燃一个美丽故事的开始。平凡的日子也会在回忆中成为一道美丽的风景，生活总在不经意间发生许多故事，也总在不经意中决定一生的企望和归宿。造物主在冥冥之中早已安排好了每一个故事的开始和结局，然后躲在天幕之后，欣赏我们的温馨和感动。”

他为谁作这诗情画意的文字？慢慢地向前翻看着这位朋友所有的作品，咖啡徐徐的热气升到脸上，潮湿了双眼。第一次为一个陌生的男孩，留下了我的手机号码，我们有了第一次的电话交流。

他的声音，沉稳，带着磁性。

从那以后，我常常在深夜的寂静中拨通遥远的号码，抱着温暖的小猫，和他聊天。隔日，往往是个极灿烂的早晨，阳光，令我想起舞。除了面对着电话费的账单时稍有感慨，我想，我已经成为了没有阴郁、快乐而歌的女孩。

将头深埋进被子里，耳边只留下他的声音，我告诉自己：“爱情，是两个人的事。”

“如果我们有缘分……”他的声音，含着犹豫的成分，声音拖得极长，半晌，归于沉寂。

我不敢猜测他省略的部分会是什么。

我很快乐，我知道。我喜欢这个声音，也会喜欢这个人。

他也知道。

浅浅地埋在心里，许下半个愿望。

关于相逢，关于四目相对。

我们终于见了面。他的脸，柔和得没有棱角，全然没有声音中透露的苍老感——我以为，他会很成熟。谁知竟那么年轻，可以说是一张年轻而又单纯的脸。那么我，就更是个孩子。转过身，像是一首歌曲的尾音。

对话时常以他的逃避而告终，彼此互道了“晚安”，各自归去，再静静地等待着黎明的来临。我在黑暗中睁大了眼睛，他便会在我的眼前出现，仍旧不甚清晰的一张脸，略不同的，是淡淡忧郁的眼神。

我的手机，丁零零地响个不停，是他发来的信息：“看到我，你没觉得失望？”

“我不失望，你跟我想象中的样子基本吻合。”我回道。我抬起头，看着天空恰巧掠过的发着亮光的飞机，双手按住胸前，是我的心跳声，怦怦有力。

（王琳琳）

失落的心情

那晚，我又在网上遇到了他，他的名字改成了“网事如烟”。他在微博上写道，以后再也不在网上胡说了，然后就离开了。从那以后，我再也没有在网上见到他。

我和他相识于微博，他取的名字是沙漠里的一种植物——胡杨树，那是一种生命力极强的植物。他在微博上写下了许多个人的心灵感悟，他说自己欣赏植物的性格，无论多么恶劣的环境，它的生命延伸进大地的血液里坚强地生活着，他希望自己也有这样的韧性。

他也曾在微博上自顾自地谈起理想、他的家庭和他自己。他是个农村孩子，从小受够了别人的歧视，高中毕业后真正独立生活，吃过许多旁人想象不到的苦，但是，越是困难越是无助，反倒使他越是坚强，越是渴望真正自由地飞翔，而飞翔的天空，一定要是他自己打拼出来的。

他也是个爱面子的人，他表示自己需要成功，需要人们羡慕的眼光，需要许多喝彩来肯定自己、证明自己——他需要钱，一个用许多许多钱垒起来的他的“强大的帝国”。他相信自己一定能做到，因为他一直在努力做着，不懈地追求着，从没有让自己喘息过……

他的这些话，让我心痛，我不知道这个男孩子有过怎么样的生活，正在过着怎么样的生活，我就那么在他的娓娓道来里让自己的感情一点点陷入，像自己正被鬼魅追赶着疯狂向他奔去……

冬天到了，我约他见面，那是一个阴天，我见到了他，一个贸贸然从微博上、从异地跑来的男孩子，他站在路口，微笑地看着我走来，那张脸的轮廓和表情都那么熟悉，似曾相识，从见到他的那一刻起，我相信了“一见钟情”的传说。我只知道那晚的风好冷，一次次吹过来，摊开手，我看到掌心满满的泪水，我是激动，还是感谢微博，让我认识了他？我不知道，我对他用情已深。

可是他的反应却很平淡，第二天，我给他打了三个电话，他一直没接，我估计他有事，过了一会儿又打，电话终于打通了，我并没有多说什么，那边很不耐烦地挂掉了。再把电话打过去时，眼泪收不住地落，我问他，你怎么可以这样？电话那边却像什么也没有发生过似的，冷冷地说，我就这样，在打游戏呢！然后，在我的眼泪里挂掉了电话。

记忆中，那是我生命中最晦暗的日子，我把自己锁在屋里，看着窗外，眼泪忍不住地流了一天。我不明白，怎么会这样？之前他还柔情似水，现在这是怎么了？是我做了一个梦吗？

我仍然在网上有意无意等他、找他，我承认，在我心里，他已经像烙印一般了，虽然那明明是个伤。他还在上网，有时候很早，有时候又很晚，我知道也许我只是他生活的一个补充或者点缀，当他空虚时会想起我，而当生活充实时，一点点缀都是多余的。那晚，我又在网上遇到了他，他的名字改成了“网事如烟”。他在微博上写道，以后再也不在网上胡说了，然后就离开了。从那以后，我再也没有在网上见到他。

今年的8月，我又来到了他所在的城市，夜晚闪烁的霓虹里，他的影子又一次无法阻挡地在我心里徘徊，我拨通了他的电话。晚上11点，他来了，我曾那么熟悉的身影，亲切温暖的眼神，我却听到自己的心破碎的声音……

我们去了一家饭馆，他仍旧微笑地看着我吃东西，看着我装出来的无所谓的样子，又说起他的工作、他的事业、他的抱负，还有关于他自己的“未来的家庭”……直到老板要打烊，我们才出门，临分手前，他告诉我，别太相信别人，网络上没几个正人君子。我不知道为什么我这么一个传统的女孩，会那么轻易地相信他，也许直觉告诉我他是个好人吧。其实，我知道，是因为我太爱他，忘记了我自己……从那以后，我们再也没有联系过。

我们都是现实中的男孩、女孩，背负不起虚拟的爱情，婚姻是我的下一个车站，幸福是我的终点，扶着现实的墙壁，我让自己站立，然后，向着触手可及的永远走去。

（胡锦娟）

怦然心动

我在微博上写下了无数条心情纠结的文字，也不知道玲透过这些文字，能不能读懂我的心意，会不会有所触动。我一次次跑到玲的微博里，想发现关于她的情感世界的踪迹，可是她是个不爱在公共空间里表达隐私的人，她只谈天气，谈工作爱好，谈那些无关紧要的物价波动，却闭口不谈自己。

那天，我在网上下着“四国军旗”，时而看看微博里的动态，瞅瞅关注的朋友们都在忙些什么，发现她的名字出现在我微博的评论里。她跟我一样，也在一所不知名的大学里过着平淡的生活，好像那天她准备通宵上网，而我正好没睡觉也在上网。

我跟她打了个招呼，后来她对我说，她本来没想把我加为好友的，只是我的名字太奇怪了，忍不住好奇就加了下。

我俩聊得挺愉快，因为她常关注我的微博，对我的思想动态和个人爱好都非常熟悉，我们就一个话题展开，有唠不完的话。她说她喜欢舞蹈，每天都去舞蹈教室练习，在学校参加过几场晚会的演出，在舞台上，当灯光照耀，心情是如此的灿烂。我告诉她，我学过街舞，而且还能小来几下。她顿时来了兴趣，发来视频，要看我跳舞。我接受了她的视频请求，摄像头中的她，一头长发，长得很漂亮，常捂嘴笑。过了一会儿，她问我：“你怎么还不跳舞啊？”

我回复道：“这大半夜的，旁边都是舍友，别打扰人家，会被骂神经病的！”

“那我感觉你是在吹牛皮，因为你根本就不会跳街舞。”她似乎有点儿生气。

“我没必要诓你啊，要不这样吧，你上我微博仔细看看，最前面的微博里面录了好几段我跳街舞的视频。”

过了10多分钟，她又找我聊了，说：“你的街舞跳得挺有范儿的，真是佩服你啊！”

“多谢夸奖，我这是三脚猫的功夫，跟你们专业舞蹈人士没法比。”我们互相恭维着，因为有了共同的爱好和讨论的话题，一直聊到凌晨两点多，她实在困极了，说不通宵上网，要下线休息了，不然明天早晨起不来。

我说你走了，我怎么找你？万一想你了怎么办？我本来就是一句玩笑，可没想到，她当即给我留了个电话，说是宿舍的，让我15分钟后打给她，我顿时欣喜若狂。一直以来，我都认为自己是个没心没肺的人，不知为什么会对她产生好感的，是一见钟情吗？不是，我们并没有见面，是千里有缘吗？不是，好像只是一个美丽的误会。

没想到15分钟会这么长，好像过了一个世纪，我觉得这可能是我这一生中最长的15分钟了。

我并不是个很帅的男孩儿，我们又相隔千里，我对她产生了莫名的好感，但我不知道能不能抓住她的心。只是我的自信不会让我输得那么惨吧？不过，既然有感觉就要试一试，这是我做人的原则。

15分钟后，我打了电话过去，我们聊了一个多小时，我知道了她叫玲，虽然名字不是很有诗意，可是我却打心眼里喜欢。我倔强地认为，既然感觉到幸福，就不要轻易放手，而且她是那种让我觉得投缘的女孩子。虽然我们接触的时间不长，可是很对脾气，有些人可能到老也不会有这种感觉的。

她对我的感觉又会是怎么样的呢？这是个太使人不知所以然的问题了，我看我还是别去想了。一直以来，我觉得中网恋圈套的只能是别人，没想到自己一不小心也掉了进去。

我给玲写了多封情深意浓的私信，但始终没能发出去。我在微博上写下了无数条心情纠结的文字，也不知道玲透过这些文字，能不能读懂我的心意，会不会有所触动。我一次次跑到玲的微博里，想发现关于她的情感世界的踪迹，可是她是个不爱在公共空间里表达隐私的人，她只谈天气，谈工作爱好，谈那些无关紧要的物价波动，却闭口不谈自己。

我给她私信：“如果有一个男生告诉你，他已把你装进心里，你会给他机会吗？”

“那要看是谁了，如果不对味，我不会随便施舍自己的感情的。”这是她的第一条回复。紧接着，我又收到了她的第二条回复，“那个男生不会是你吧？”

你看，最了解我的人，还是玲。我鼓起勇气告诉她：“你说得很对，那个男生就是我啊！”

她对我说：“你太不了解我了，我也不了解你。我们之间，暂时不要说开始，因为我还没捋清楚自己的思绪。”

我对玲说，慢慢来，我有足够的耐心等着你。当我认定一个人的时候，我会选择爱她，能走多远走多远。

（薛超）

相识在微博

晚上，我写了一条微博，表达了自己的苦闷，可她给我留言：我也没说你什么啊？你这不是自我折磨吗？一点都经不起考验啊！我的心顿时又狂喜起来，这么说，她对我是有好感的，只是不方便明说？

也不知道是怎么开始的，可弄到这个地步心里如此别扭，真要好好想想了。

从头说吧！和世界上所有的爱情故事一样，只不过我们相识于微博，她是我的粉丝，可是不久我就成了她的“俘虏”。她在微博里写下自己的求职心情，我看后，想起公司正在招聘的某个职位适合她，就给她留言，希望她来公司面试，多一个机会多一条选择的余地。她没有跟我打招呼，真的独自来公司面试了。直到被录用之后，她才对我说谢谢。我问：“面试那天怎么没联系我？”她不好意思地解释：“我怕不被录用，挺丢面子的，现在好了，这个工作很适合我，真的太谢谢了。”

从她来公司报到的第一天，在走廊上看到她的那一眼开始，我就知道，自己的爱情故事要开场了。我性格内向，不善言谈，青春期以来，从未和任何一个女孩子单独相处超过半小时，更别说是和心仪的她了，而且还要摆出“追求”的架势来。真难！我宁愿在计算机前干两个通宵去设计一堆图纸，这倒是简单直接多了，但是男女感情我总是习惯性逃避。

一天，我正在写工作总结，不小心走神，于是在文档上写下无数她的名字，一行又一行。正好她的机器出了问题，过来请我去看看。她一眼看到了我走神时写下的文字，顿时脸红红的，她声音低若蚊语地说：“你……怎么不告诉我？”

“我一直没有勇气。”我有些胆怯，一是怕被拒绝，二是公司不赞成同事间谈恋爱，这会破坏现行办公室的游戏规则。男女同事们常喊“兔子不吃窝边草”，我怎么能破这个先例呢？可我无法控制住自己悸动的情愫。我真想握一握她纤细嫩白的手，向她诉说我的衷肠，可是我没有那个勇气。

她没有再接着我的话往下说，而是假装不看我的电脑屏幕，说：“来帮我一下，好吗？”我像个木偶人，只好服从她的指令，乖乖地帮她去解决问题。站在她的身旁，闻着淡淡的洗发水香味，我的心醉了。

我弯腰修电脑的当儿，她悄声对我说：“以后再别这么鲁莽了，万一走过来的不是我，那可怎么是好？你打点什么不行？非得打我的名字？多不好意思啊！”

“我不是故意的。”我不明白她什么态度，心里忐忑极了。

晚上，我写了一条微博，表达了自己的苦闷，可她给我留言：我也没说你什么啊？你这不是自我折磨吗？一点都经不起考验啊！

我的心顿时又狂喜起来，这么说，她对我是有好感的，只是不方便明说？唉，女孩子的心思真是太难猜了，让你忍不住费心去琢磨，却很难搞清楚她们心里的真实想法。

在网络上，我的勇气比在现实中大多了，我们在微博上重新热情地聊了起来，我给了她一个大大的拥抱。躲在网络面具后面的她和平时不太一样，她热情地回了我一个吻。这个吻大大增强了我的自信心。

我很焦躁，总要涉入正题嘛，但不能直接告诉她我喜欢她呀。我感觉自己是有一点儿心理障碍，为什么这么简单的事情都挺不起来。为此，我多次骂得自己狗血淋头。可是，该怎么说呢？我有点儿迟疑，要不先委婉地跟她说我喜欢上了一个姑娘，不知道她对我什么心思？然后再告诉她，我喜欢的姑娘就是她吧。我想，也许她已经知道我的心思了，只是我还没有正式地请她做抉择。

我终于还是直接说出了那三个字，并追问她对我的态度。她回复我：“我要征求父母的意见，因为从小到大，我都觉得父母是最了解我、最支持我的。”

“和你的父母好好谈谈，我相信他们会支持你的。”我宽慰她，同时有点儿小小的郁闷，都多大的人了，怎么父母还干涉儿女的交往啊。

我们终于有了第一次约会，我感觉到了她一颗善良的心，她一双温软的小手正被我握在手中，两个人头碰头、有商有量地在解决问题，我实在太喜欢这种感觉了。

第二天晚上约见，我来得比她早，等她一到，我就悄声问，昨天有没有和家人谈谈。她的情绪有点儿低落，告诉我，昨天她和父母谈起了这件事，但父母的态度是激烈的，他们很不理解，也不同意，说两个异地的人不要轻易走到一起，认为这是她一时心血来潮。

最终拗不过她的坚持，决定安排个饭局，让我跟他们家人一起吃饭，我的第一反应是——鸿门宴。可是这顿饭，无论如何，我是必须要去吃的，不然，这如花似玉的她，又怎能最终和我结成连理?

我要和她家人一起吃一顿有决定意义的饭，这就是我的想法。

我在准备着，吃饭时穿的衣服，带上钞票、银行卡以备结账用，另外还一再思忖对策，她的父母会问我哪些尖锐的问题，我怎么才能够答得大方体面，让他们相信女儿跟着我，一定能够幸福。为了她，我愿意做出任何改变、任何努力。因为，我一定要让她跟着一起幸福。

（王辉）

开始懂了

我仔细读了她的每一条微博，并且竭尽所能地搜罗词汇做了评论，看她写心情不好，我就宽慰她“人生不如意事十之八九，没有什么过不去的沟坎”。看她高兴时，我就给她发去笑脸。

我跨入了理想大学的校门，进了父母所希望的专业，为此父母送给我一台电脑作为奖励，我知足了。大学里的生活三点一线，并没有想象中那样精彩。也许是因为没有了升学压力的缘故，朝夕相处的兄弟姐妹们都迫不及待地跳入了情海，同寝室的哥们儿常劝我也找个女朋友，谈一场恋爱，就不会再孤单了。我是个十足的完美主义者，感情这事，还是不要勉强，顺其自然为好！

学习之余，我迷上了网络。很多人都说网络是虚幻缥缈的，可正因为它的虚幻缥缈，你才不会看重对方的长相、身材以及她在现实生活中的成就。呈现在网上的真诚对话就成了最原始、毫无修饰的坦荡话语。

网络是一个神秘幽深的花园，每个人用自己的方式在网络上做着各种各样的事情。他们写微博、聊天、玩游戏、设计、恋爱、阅读或者工作……我喜欢写微博，享受着粉丝不断攀升的快感，有时也听歌、看新闻……

通过一条转发微博，我成了她——“如沐春风”的粉丝。

她在微博里不谈文学，只是日记般记录着自己的心情。我仔细读了她的每一段文字，并且竭尽所能地搜罗词汇做了评论，看她写心情不好，我就宽慰她“人生不如意事十之八九，没有什么过不去的沟坎”。看她高兴时，我就给她发去笑脸，虽然她不认识我，但我几乎能推算出她大致的生活轨迹，有哪些个人爱好，朋友多不多……

她也常来我的微博里做客，渐渐地，我们谈的话题也多了起来，从人生聊到理想，从时尚聊到潮流，从文学聊到生活。总之，一切能想到的话题都没有放过，但唯独对爱情只字不提。

她要我叫她姐姐。可到了后来那家伙终因自己的罪恶感向我坦白了，原来她与我同年，但生日却比我小。也许是为了削减自己的罪恶感吧，从那以后，她乖乖地称我为哥哥了，叫得我心里甜甜的。

之后的日子里，除了私信聊天之外，她还会给我带来许多意外的惊喜。第一次她问我学校的地址，我问她干什么她就是不说，最后我还是给了她。后来她留言给我：记得收东西！

隔天上网，看到了她的留言，回答是：不管你收不收，我是寄了。你不会以为我寄的是炸弹吧，哈哈……

天哪！我第一次对一个人没有办法，去取东西时居然迷路了。收到她的礼物，我有点儿不好意思，赶紧用特快专递给她寄了一个毛绒玩具。

以前在网上我从不问别人的名字，觉得那是很无聊的问题，可我这次居然主动问她的名字。得到的答案令我吃惊。她居然也叫杨璐（我有个初中同学跟她同名），确信她不是自己的同学之后，我才松了一口气。

从不和别人谈论感情的我居然和她说了。那天，她让我陪她一起看新《泰坦尼克号》，我回复“嗯”。我们就那样一面在线交流一面各自看着电影。当杰克沉到海底的那一瞬间，她告诉我，她在哭，我说我也是。她说我问你一个问题，我说“嗯”。她说，如果我是露丝，你愿不愿意做杰克？

我沉默了半天，说如果我是杰克，你愿意做露丝吗？

她说愿意。那一刻，我感觉我的心，又轻轻地颤抖了一下……

我们终于互通了电话，她在电话那边很大声地笑着问我怎么取了个女孩子的名字，我说父母所赐，不得不受。她问我最近过得怎么样？我说天天打游戏，有点儿昏天黑地的感觉。

她就笑，说自己还有一年就毕业了，到时候来南京找我，好吗？

我说好。她说一定哦，不骗人的，我们拉钩钩！

“好，拉钩钩。”我答应着。

然后，她就用很小的声音在千里之外对我说着，拉钩，上吊，一百年，不许变……

有她陪伴着我，时间过得很快，日子也不像以往那样孤独了。她告诉我，她真的很想和我在一起，冷的时候一起取暖，热的时候一起纳凉，有困难的时候一起承担……每当这时，我就像哄小孩子一样地告诉她，会的，有一天，我们会在一起的。她说我等你，我说笨呀，应该是我等你，等毕业后，等我们都工作后，我要你做我最美丽、最幸福的新娘……

然后她就笑，很开心地笑……

业余时间除了上网外，我还喜欢踢足球。那天和往常一样去踢足球，不小心把脚给扭了，来不及上网告诉她就被一群热心的朋友送到了医院，医生建议住院一个星期，朋友帮我到学校请了假，出院后，我回到宿舍，打开手机，发现来电显示里全是她打过来的。我给她打了过去，没有人接。上线后发现她微博在线，奇怪，这个时候她应该在上课呀！

她问我干什么去了，我说没什么，病了，在医院里躺了几天。

她说严重不？我说不。

她说有没有吃药？我说吃了。

她说自己一直在线上等我，已经19个小时没有下线了，这么久没有来，还以为你出事情了呢！还好，还好……

看着屏幕上她打过来的那几行字，我忽然有一种想流泪的冲动……她见我很久没有说话，以为我还在生病，又发信息过来说她找了一首歌，好好听的，并问："你要听吗？"

我说"嗯"。

接着，她在微博上上传了一首歌，点开后我听到了伴着轻音乐的那种很清爽的声音："轻轻地告诉你我是真的爱过，你的哭、你的笑牵动着我……"

我们还是那样经常地上网、通电话，那天聊完电话后，她在那边不愿意放下话筒，不停地问着我：你，你还有什么话要对我说吗？我愣着，不明白什么意思。她说，我想听你说那句话，好吗？

我沉默了半天，说，这个还用说吗？

她说要。

我说我爱你，真的好爱你。

她笑说，我也是的呀，璐璐会爱你一辈子的，会陪你一辈子的！我们拉过钩钩的哦，我可不愿意做小狗狗……

感觉到她的改变，是在半年以后。那天，她又不在线，我很无聊，一边想着这是她第几天没有来上网，一边在微博上同几个朋友不冷不热地聊着。她终究还是没来，回到宿舍后，我拨通了她的电话，是她的一个室友接的，说她不在。我问她干什么去了，她说陪男朋友去了呀？我拿着话筒愣了半天，直到听到那边的“嘀嘀”声才回过神来。

我不停地打着她宿舍的电话，终于有一次是她接的，我什么都没有问她，她也没有说话，我们就那样对着话筒，感觉着彼此的呼吸。仿佛几个世纪后，她说忘了我好吗？

我用极轻的声音问她为什么？她说我爱上别人了。

我说是吗？她说是的，我们不可能的，梦该醒了，不现实，你不觉得吗？

我说你忘了你说过的话吗？她说没有，但我们真的离得太远呀，如果你就在我的身边，那该有多好，可是现在这样，你认为有成功的可能吗？

我说是谁说过只要有一丝希望就要去争取的？是谁说过这个世界上没有不能够办到的事情？是谁说过只要真的相爱，距离不是问题？她说是我说的，很抱歉，我承认自己的幼稚。

我说杨璐，在我面前，你永远不要说“抱歉”这两个字。她很突然地就哭了，说自己对不起我，问我为什么还要对她这么好？

我说没什么，习惯了。这时候，她的电话突然被一个男人抢了过去，用那种很粗暴的声音对着话筒吼：“以后不要打电话给她了，她是我的，我是这个世界上最爱她的人！”

我很轻地压了电话——爱情没有了，我还想保留一点尊严。

直到今天，我也没有弄明白自己，既然明知她已经有了男朋友，为什么还要那么固执地跑去南京看她，也许是因为做事情一向很认真的我在那个时候，也仍然想在一个虚幻的世界，为一次虚假的爱情，负一次虚伪的责任；也许自始至终，我都是认真的，很认真的，尽管知道虚幻、知道渺茫，但仍然那样无可救药地爱着她。从进入火车站开始，我就有一种不真实的感觉，有种踩着白云上路的感觉……

根据她提供的地址，我找到了她们班，她的同学说没有杨璐这个人。我拿出她的照片，用那种极冷的声音问：“那么，请您告诉我，有这个人吗？”对方扫一眼我手中的照片，说你找小慧呀？她在后面吃饭呢！你是她的什么人？找她有什么事吗？

我说，小慧？她叫小慧？

在学校的花园里，我很轻易地找到了她。她和一个男孩子并排走在一起，初秋暖暖的阳光把两人的影子拉得很长很细……她比照片上更漂亮，眼睛大大的、亮亮的，一头极清爽的短发。笑得很甜，傻傻的、坏坏的，像极了卡通人物里的樱桃小丸子。我就那样和她面对面地走着，极慢极慢，时间仿佛凝固了……在和她擦肩而过的一刹那，她仍然没有认出我来。我用肩膀，很轻很轻地碰了一下她的手，然后依然那样慢慢地、轻轻地走着。

我感觉她回头看了我一眼，但她根本就没有注意到我，很快，又和那个男孩子说笑了。我努力地让自己不去回头看她，但我终于还是转过了脸，看着她的背影在我的眼前，一点、一点、一点地变小；看着她和那个男孩子的双手拉在一起，紧紧的、近近的、轻轻的。我努力地控制住自己的眼泪，不让它流出来。

校园广播里飘来孙燕姿的那首《开始懂了》，我听着歌词，一个人，慢慢地走着。那一刻，我感到了一种从未有过的轻松。我终于懂了网络的感情终究是不现实的。也许，我来的目的并不是想挽回些什么，而只是，想看一看自己爱的人过得好不好；又或者只是，不想在自己的生命中，留下遗憾……

有时候相见不如怀念！但是对于我们来说，最恰当的形容是——相见不如在线！不见，也许我们至今仍是朋友，甚至可以是网上的恋人，一旦见面，撕破了那层神秘的面纱，一切都似乎归于残酷，再也寻不回那份深刻的感觉。

（独角鹿）

我是你的粉丝

周五下午，收到她在微博上给我的留言，说她病了。我心里有些难受，好不容易要见面了，她是真病了还是只是借口？我心有不甘，却又没办法，只好宽慰她，我说你要好好休息，快些好起来。

我们算是偶然相遇吗？其实也不是。那天同学在我家上网写微博，他的微博粉丝不多，但有个女孩跟他互动良多，女孩的微博里有她的照片，看过她的照片之后，我有种失魂落魄的感觉。女孩很美，是那种天生丽质的美，她没有化妆，更显自然动人，嘴角还总是带着笑，说明她心态好，人缘肯定不错。

我恳求同学，介绍她跟我认识。同学说："你可以试着加她关注，不过人家关不关注你，我可管不了。"我欣喜若狂，说："她不关注我不是你的事，你帮我牵线搭桥，告诉她我想认识她就好了。"

同学真仗义，还真让那女孩加了我关注。当然，更多的是我关注她，而不是她关注我，我催促她多发些生活照，我好经常上去看，她说每天事情那么多，哪有时间手机拍照啊，那也太无聊了吧，再说老上网，手机上流量就会超了，她每个月的手机费是老爸老妈定量供给的，如果前半个月超了流量，后半个月就不能上网了。这大实话说的，让我无法反驳。

以前我上网没有固定的聊天对象，都是在找一些不认识的人聊天，很少有聊得来的。自从认识她之后，每次上网，我都习惯性地第一个去找她。进她的微博，看她发表了哪些新的动态，尤其是视频和照片，我更是要反复观摩，她是真的太爱笑了，一笑还露出可爱的虎牙，我看着她的照片都能乐上半天，好友见了，说我大花痴、神经病，我吐舌不语。

我们就这样聊起来了。她确实很好说话，正如同学所说的那样。我们聊得不多，因为我上网的时间很少，可是我对她的感觉还是蛮好的。

后来，我们宿舍里四个人共买了一台电脑，目的是学习之用的。从那以后，我可以多上网了，我本以为见到她的机会以后会渐渐多起来，因为她除了手机上网，平时偶尔也用电脑上线，但是事实上却很少见到她。她也是要上学的，上网时间和机会不多，况且很可能我在的时候她不在，她上线的时候我又是离线状态。还有一种可能，她选择微博隐身。

我给她微博留言，每次都是下了功夫的，字斟句酌，生怕哪句话说得不中听，坏了她的好心情。她给我的回复挺热情，还说我写的话很好很体贴。我特高兴，随着交流的深入，我把一切开心的、不开心的事情都向她倾诉，包括对老师，对一些事情的不满，她总是安慰鼓励我。我非常感激。

有一次我路过她们学校，心里生出一个无聊的想法，进校之后，我在自行车车库旁边的水泥墙上，用随身携带的小刀刻下了她的名字，后来我在网上跟她讲了。我想，她去看了，估计会很高兴吧！

一次，她在微博上私信对我说：回家的时候老是有人跟着她，好几次，甩也甩不掉！我为她而担心，真想替她好好修理那人一顿。后来又听说在学校里有男生主动搭讪，我也很怕她着了人家的道，替她紧张了好久。她跟我讲她跟父母的关系很紧张，平时总吵架，正好我也在看一本关于家庭沟通方面的书，挺感人的，也非常有现实的教育意义。我看着看着，都流泪了，发了其中的两篇给她看，她说很好看，自己也从中受到了启迪。我心里很高兴，算是为她做了一点事。

我们断断续续聊了将近一年时间，聊的话题越来越多了。生活、学习中遇到什么问题都会相互讨论，相互打气。只要我或是她遇到不顺心的事，我们都会互相开导。

上次期末考试的时候，我说："如果你这次考好了，我请你吃饭。"后来她告诉我为了这顿饭，她吃奶的劲都使出来了，考进全年级前20名后，问我有没有达到要求。她等着我请呢，当然我也是自愿的咯。

我们约定周末见，我很期待这一天的到来。我想入非非着，现在大家相处还是不错的，谁知道以后会发生什么呢，说不定我会爱上她，说不定她也会爱上我。这要是让我那同学知道了，他非跳起脚来让我请客不可。

对于我来说，一天中最快乐的时光，就是和她在网上交流的时候。当我坐在电脑前，脑海里总会想象另一端的她的样子；晚上睡觉的时候也会想起另外的她，她睡了吗？本人是不是比照片上更漂亮呢？是不是也和我一样在想着她的网友呢？这些乱七八糟的问题总会在脑海里出现，也许是我们聊得太投机的缘故吧！

随后几天，她好像不理我了，我给她发私信，不理我。上线，她又不在。没准儿，她隐身呢！唉，怎么回事？我们的约定还算不算数啊？

周五下午，收到她在微博上给我的留言，说她病了。我心里有些难受，好不容易要见面了，她是真病了还是只是借口？我心有不甘，却又没办法，我只好宽慰她，我说你要好好休息，快些好起来。

后来，我忍不住对同学说了这事，同学分析之后告诉我，女孩多半是退缩，不想跟我见面了，可不好意思反悔，就随便找了个借口搪塞一下。

我也觉得同学说得很对，虽然我平时也爱开玩笑，可她这么做，有点儿伤人自尊了，我当时生气了，说："有什么大不了的，以后别想我再理她了。"同学还在一旁说："我就不爱听你随口说的话。你是她的粉丝，就你单头热好不好？以后肯定又要反悔。"我咬牙说，谁是谁的粉丝又有什么关系，我说不反悔就绝不反悔。

从那以后，为了这要死的面子，我们之间真的疏远了。

（黎振）

微博留言

我微博隐身，没有回复她。人家都说现代人关系靠不住，都是玩笑和虚假，我劝自己，就算是虚假，我也没必要在乎这些呀，网上本来就不真实。此后，她每天都给我留言，说了许多关于爱的话，但我一直认为网上的话也许是复制的。

冰冰在我们学校附近的网吧工作，我经常到她那里上网，她在学生中间有个专属名词叫“网吧妹”。冰冰很热情，总是面带笑容，对待工作非常认真。

一天中午，我去网吧，随便找了一台机器，抱着搞怪的心理破了登录密码，冰冰看看自己的电脑，再看看我坐的那台机器直挠头，走过来问我：“这台机器是不是出故障了？”我说：“你这密码太简单，很容易就进的。”我笑着换了台机器，稍动手脚也破了系统。她惊呆了！说我是天才！其实我只是喜欢破坏，这么做也因为好奇。“以后不许再这么干了，不然我跟老板没法交代的。”冰冰脸红彤彤的。我连连点头。

冰冰问了我的QQ号码，说要向我请教电脑方面的知识。我下次拿身份证登记上网的时候，她又记住了我的名字，每次喊得清脆极了，我们成了朋友。

因为她每天都在网上待着，大部分的时间都在线上经营着自己的微博和农场，有时候也玩斗地主游戏。她在微博上写道：“我的工作几乎不需要智商参与，每天就是耗时间，我不知道离开这台电脑，我还能不能融入社会，还能不能找到别的工作。”我读后，觉得她太悲观了，在微博后留下评论：“现代社会，只要肯干就不愁没有饭吃，只要能干就不愁过不上幸福的好日子。只要你每天不是在家里躺着，我相信终究能发挥自己的作用，实现自己的人生价值。”冰冰回复道：“你说得是有些道理。可我妈说，一个女生想这么多有什么用？找个好人嫁了，以后相夫教子，才是真正的幸福。”“你妈给你灌输的，也是一种人生，而且很多女性就是这么活着。”我们在微博上你来我往，越聊越深入，聊到激烈时我从座位上起身，冰冰从收银台那边朝我望，我们相视而笑。

她看了我的微博后，告诉我她也喜欢雨，她看我的初恋故事想哭！我开玩笑地回复她，我的肩膀借给你。她问：“借吗？”我马上告诉她：“如果你想要可以属于你！”她说她开不起这个玩笑！可我认为在网上说这些很正常。我们继续每天傍晚都在网上聊一会儿天，她每天都给我留言，倾诉她的心情故事！

一天傍晚，我下线结账时，问她几点下班，她说：“你想送我回家吗？”

“如果你不介意我可以呀！”我说，“你家在哪里？”

“你送我不就知道了吗？”她说。

“好的！”

我们继续聊着，最后她说：“你真的送我吗？”

“我都答应了，我会做到的。你几点下班？”我答道。

“我今天晚上可以早点下班。8点你来接我。”她说。

“好的。”我答应了。

晚上我们学校正开舞会，我参加了一半就走了。去她的网吧里，她看见我，说：“我开玩笑的。”

我愣了，硬着头皮说：“我来上网！”

我就在一台机器上上网了，但没有几分钟，她过来说：“过一会儿我们走，你送我吧！”

我说：“不了。”因为我生气了。为什么开始我想送的时候，她却说只是开玩笑呢？我不喜欢被耍的感觉。

但我刚上了10分钟，她一个同事就将我所在的那台电脑远程关机了，我问她为什么！她笑笑，说：“我这就下班了，刚才真是开玩笑的。”我说现在我许多网友在，你不打招呼就给我关了。我不走了！冰冰表情特尴尬，我叹了口气，出门进了隔壁网吧。上线刚一会儿，收到冰冰在微博上给我的留言：真的对不起，希望你能原谅我，我真的想你送我，不是开玩笑的。又在QQ上给我留言：我现在已经下班了！你能送我吗？

我隐身，没有回复她。人家都说现代人的关系靠不住，都是玩笑和虚假，我劝自己，就算是虚假，我也没必要在乎这些呀，网上本来就不真实。此后，她每天都给我留言，说了许多关于爱的话，但我一直认为网上的话也许是复制的。

不久前，她给我留言道："我知道你喜欢听《咖啡杯里的水仙》，但我希望你听《我依然爱你》，是许茹芸的歌，希望你听许茹芸的歌。"

我看见她的留言，回复：你能打电话给我吗？她说她经常打，可我不是关机，就是无法接通，我说那时估计在上课，晚上9点以后打电话我一般能接上。那天晚上，她真的给我打电话，我们聊得很开心，我问她在微博上给我的留言是真的吗，她说是真的。但由于网吧人多，她一边给我打电话一边给别人结账、转机，过了一会儿她对我说，等她下班再给我打电话。晚上10点多，她的电话又来了，打了很久，外面很冷，她说了许多。她后来告诉我："早上到你们校门口，我本来准备去找你的，但是进不去。"

外面很冷，我叫她早点回家。

一天下午，我们又在网上聊着，我告诉她："我昨天晚上失眠了！"

"为什么？"她问。

"因为你！"我问，"你今天高兴吗？你那个同事天天跟你嘀嘀咕咕说什么啊？"

"说我好像在谈恋爱！"她答。

我鼓起勇气问她："你这会儿忙吗？"

"不算太忙，只是我很想你！"她回答。

"爱你！想你！"我说。

"我也是！"她回答。

我们聊了一下午，最后我问她："我晚上能送你吗？妹妹！这次真的不会再开玩笑的。"

"什么？还叫妹妹！"她说。

"对不起！"我回答。

"以后叫我冰冰！我家人都这样叫我的！"她说。

"好的！晚上你什么时候下班？"我问。

"你晚上7点半打电话给我！我再告诉你！"她说。

晚上7点，我就迫不及待地打电话给冰冰，她叫我晚上8点半去接她。

（程风黄）

群主女孩拉黑我

我又给她私信，不过却没有等到回复。我想到给她微博留言，可是已无法进行，又跑到她的微群里，可是还是无法发言，终于发现，原来她拉黑了我。

我和她相识在学校体育场二楼阳台上，那里鲜有人至，我发现那个秘密后，就常常去那儿，屁股底下垫几本书坐着，就这样闲待着。其实也不算什么秘密吧，只是在那个阳台上，可以蹭不设密码的无线网，这样手机上网就不用花钱了，估计是体育场二楼教师办公室的无线网络。

刚开始就我独享着这份额外的馈赠，不久，来了一个女孩儿，她也是来蹭网的，我们见面的机会就多了，时间一长就会聊几句。不明内情的人见了，怀疑我们俩在此约会也说不定。有时我问她问题，她会过来帮我，解答完毕又跟我保持距离。

我笑着说："咱们也算是有缘，我加你关注吧！"

"好！"她笑了。

我关注了她的微博，发现这女孩儿竟有10多万个粉丝。我诧异地问："你的粉丝怎么这么多啊？"

"因为我经营着一个微群，所以认识的人多。"

"围裙？"我故意逗她。

她笑了："此微群非彼围裙，喏，这是我建的微群，你也可以加入啊。"我就着她的手机，了解了一下。难怪这么多人挺她，原来她有根据地。

现实生活中，我们聊得很开心，微博里我们也经常互相艾特，她乐此不疲地评论别人的微博。

她给我的印象真的很好，性格开朗、乐观、活泼，就像是一个天使，我都没想到她能注意到我。

有一天，我约她去肯德基，她有点儿犹豫。

“去吧，我请你！”我大方地表示。

“我，我……”

“别你呀你的了，走吧！”

我们进了KFC，随便点了些东西就找了个地方坐下，开始了我们的聊天，她给我的感觉是，平时话不多，可是熟了之后，她其实挺有表达和倾诉的欲望，倒是一向爱说话的我一下子变得少言寡语起来，只是静静地听她说着。那天时间过得很快，晚上我送她回家，分别的时候，我依依不舍，我们相约星期天再见。回去的路上，我还是那样兴奋。

漫长的等待终于迎来了星期天，我提早半个小时到达约定地点，不过也许是考验吧，那天她晚到了一个小时，我从来都没有等一个人等这么长的时间，不过，当她出现在我面前时，我还是那样兴奋，因为我知道，我的等待换来了结果，那天我们很开心，更让我开心的是我们就此确定了恋人关系，晚上照样我送她回了家。

我们发展得很顺利，她说我是她的终结者，看得出她也很爱我吧，虽然我们不能天天见面，但是每天的电话诉衷肠使我更加爱她。也巧，我们的生日是同一个月份的，所以我们商量一起过生日。生日那天，就我们两人，十分甜蜜。

我们就这样保持着联系，直到圣诞节前夕，以前有个女同学给我写了封信，被她发现了，她很生气，跟我大吵了一架，无论我如何解释她都不听，我气急了，对她说：“别人怎么想、怎么做，我能控制得了吗？你不要无理取闹好不好？”

就因为这，我们闹起了别扭，开始少了联系，我有种不祥的预感。果然，她提出了分手，她说她受了很大的打击，而且也说了很多绝望的话，我不知道该如何去做，我也不愿去想太多，只能同意，就这样结束了我们短暂的恋爱。

我又给她私信，不过却没有等到回复。我想到给她微博留言，可是已无法进行，又跑到她的微群里，可是还是无法发言，终于发现，原来她拉黑了我。

我到现在还是不明白这一切怎么结束得如此突然。不过，过去了就让它过去吧，只要有美好的回忆，就足够了。

也许我不是她要找的终结者，但是我知道她是爱过我的，我无怨无悔。

（朱平）

美丽的愿望

媛媛在微博里给我留言，说她对海其实要求并不高，只要海长得过得去就好，可事实上，她，还是不能接受。她说海一见面时就问她的感受了！她不喜欢撒谎，所以她说自己失望了！

媛媛和我，互为粉丝。她在微博上，写过很多天马行空的文字。她有个很美丽的愿望，就是希望有一天能用手触摸到天空。她总是喜欢仰望天空，她说不是为了向下俯瞰，而是为了向上仰望，看白天的天空，看夜晚的天空，看晴天的天空，看雨天的天空。她说喜欢那么傻笑着伸出手去触摸那星星、那白云，与流浪的风儿和冰凉的雨滴嬉戏，她说忽然觉得轻轻一想就碰到了天堂！我暗自好笑，哪里有女孩那么爱幻想的！

巧合的是，我们来自同一个城市。更巧的是，我们都爱幻想，都爱那么天马行空地在自己的世界里不知疲倦地想着，当然，我承认，她天马行空得更加有创意。最巧的是，我们都爱极了小猫，喜欢它想着你的时候冲你撒娇，不需要你的时候就离家出走去找寻属于自己的幸福。她说她的小猫出走了后就再也没回来过，而我的小猫送人了后可能是要找回家的路而弄丢了！有一阵子一直在担心着它的安危，有时候在街角看到流浪猫，我就会想起我的小猫，它流浪到了何处？更惨的是，在路上看到一张被车子轧扁的猫皮，我不禁脸色大变，我的可爱的小猫不会沦落到这种地步吧？

我们第一次见面，选择去了书城，那天有个女生组合在书店里签售，现场很热闹，人也巨多，我们去了，只是觉得很吵闹，并且站在最后怎么也看不清前面的情况。我只觉得耳膜震得难受，我一向不喜欢太过喧哗的事物，所以在那里待了不久我就吵着要出去了。出来之后，她说重金属的音乐震撼能放纵自己的灵魂，那音乐仿佛能将她整个地穿透，把她所有的不快都击个粉碎。我不知道她为什么有那么多的不快。她说她又觉得轻轻地碰到了天堂！

前阵子我失恋了，写了封很长的E-mail 给她，我说自己傻透了，本来以为那个女孩也喜欢自己的，后来才发觉是自己欺骗自己的一个游戏。我说是因为我太爱幻想了吗？她说难过正是为了将来的快乐而准备着的，她还跟我说了一个很动人的故事。

灰姑娘背着许多东西在雪地上走着，一路上留下深深的脚印，走一步留下一样东西，甚至身上的衣服……到了山顶，小女孩已经什么都失去了，她微笑地看着天空，天色已渐暗。许多许多的星星浮了上来。好美好美的星星，女孩忘了所有的痛苦，痴迷地看着看着……突然星星变成一颗颗的金币，带着悦耳的声音，撒向女孩。

她说她曾经有一段很失败的初恋，她说她喜欢的那个男孩子现在喜欢上别人了！当时也是太自尊、太要强，所以才会失去。我说去找他吧，如果还喜欢他！她说不，好马不吃回头草。该让我怎么说呢？

我说我们总爱用笑容把自己掩藏得好好的，总是把别人的包袱一个劲地往自己身上背，越来越重，越来越重，但还是那么柔柔地、自信地笑着，笑着！哦，或许吧！那个初恋的小男生也并不是真正属于嫒嫒的星星！所以我们都还在努力地向着前方寻找着，寻找着……

她那个爱幻想的脑袋不知什么时候突然地沉迷于了网恋，哦，真的忘了是什么时候了！记得她说她是真的喜欢他，那个有着很好品质的男生。他们之间的事，嫒嫒总是轻描淡写地就过了，只知道他们都喜欢在一个叫什么操场的聊天室聊天。只知道他们天天很晚都要用电话来互诉衷肠。只知道他好像为了她千里迢迢地从别的城市赶来了这里！他们见面了。她说还是和网上的感觉一样，她说那样真好。只是，或许是因为年龄太小的缘故吧，他们之间总有点儿小小的隔阂。

唉，女生啊女生，总有着猜不透的心事。为什么总是不知足呢？为什么总是会有那么多想法呢？感觉对不就可以了吗？这世上哪有十全十美的爱情呢？

之后有很长一段时间，失去了嫒嫒的消息，我想她肯定忙着和那个网恋情人约会吧！连我的微博都不来了，我给她发私信，如石沉大海一般，再无消息。

突然的，她又出现了。说自己在一个文学网站当上斑竹了，叫我也去捧场，我真去了，还起了个很牛气的名字。

接着，她又开始对我诉说她的心事了！她说自从那个他回老家后，就再也没有接到过他的电话。她说她有点儿害怕，也有点儿着急。我说难道他对你的感觉不对吗？她说不是，说自己给他写了信并寄去了卡片，但是他却一点回音也没有。我说那你主动给他打电话吧！她犹豫了！她说最近很茫然，突然爱上了另外一位网友，她说不知道如何在他们之间做一个取舍。她说他叫海，海有一个很美丽的愿望，就是能在自己生日那天，陪着心爱的人去看海，去看日出。她说她也不知道为什么会爱上另一个他，是海让他爱上了煲电话粥的感觉，她说自己以前不怎么喜欢电话聊天，但是他让自己感觉电话居然是有温度的！我说那也不能这样啊！总不能同时和两个男孩在一起吧！她说她觉得自己坏极了，可是她做不了选择，她说她真的做不到。她说或许和海见了面就会好的，会好的。她让我为他们的见面祈祷祝福，我还能说什么呢？只能希望那不会是段令人伤感的事！

媛媛和海终于还是见面了，终于还是失望了，终于还是逃避了！就像大多数网恋情人见面所必须经历的那样！必须把自己所有的幻想全给粉碎，然后，怎么也不敢相信对方是那样的，可不得不接受客观存在的事实。因为毕竟他或她就是那样的。该怪网络吗？可是在网上最初得到的感觉是那样的好！

媛媛在微博里给我留言，说她对海其实要求并不高，只要海长得过得去就好，可事实上，她，还是不能接受。她说海一见面时就问她的感受了！她不喜欢撒谎，所以她说自己失望了！一路上她就那么低头走着，她不知道该说些什么。然后他们就找了一个可以安静说话的地方，但是她觉得就像是个老师在和一个做错事的孩子谈话那样。

她怎么会有那种想法呢？是她内疚了吗？她说身上有一股俗气，希望有个既能心理沟通，外表又过得去的男朋友。她说她恨自己的虚荣，可它已经根深蒂固地长在了自己的骨中，直到今天才发现这一点。是她错了吗？是她不该对他抱有幻想，还是网络根本就是愚弄人感情的最好武器？是不该和他见面的吗？可是他在电话里和网络上给她的感觉是那样的好，以至于自己都觉得像飞上了天空，轻飘飘的，轻飘飘的……

我说因为我们都是很平凡的人，所以会被很平凡但却很重要、很实际的事情困惑着！因为我们毕竟不可能是纯柏拉图式的爱情啊！

某一天，媛媛问我：“我们认识也好久了，为什么你对我从不动心呢？”

“因为我们是好朋友，也只能是好朋友。”我对她说，“不是所有的异性熟人，都要转为男女朋友，也可以是敌人，也可以是合作伙伴，也可以是……”

过了两天，媛媛的微博上多了一段文字，她转发了我的微博，并且感叹道：“仿佛，我又懂了一些”。

（佚名）

珍惜所有

每次收到他在微博里说的那些暧昧的话，我都会兴奋好一阵，把他的字字句句反复揣摩。但是内向的我从不肯轻易松口，也从不轻易表明自己的心迹。我想如果那时我说喜欢他的话会怎样？

在微博上看到他的名字后，我踌躇了一会儿，进入他的微博，怯怯地留言询问："请问你是我的初中同学杜斌吗？"

他回复我："不好意思，我不是你的同学，我也不认识你。"

原来我认错人了。

"对不起，我认错人了。"上线之后，我立即回复他。

"没关系，既然认错了就将错就错，聊聊吧！"没想到，这个名叫杜斌的男孩在线。

于是我们聊了起来，聊了些什么大多忘了，无非就是自我介绍了一番。他说自己是浙江人，在北方读书，还说了好多对北方城市的感受，具体细节现在已经记不清了，但我们聊了好些学校生活的事情，总的感受是，虽然学校不同，所学专业不同，但是大学生活到哪儿其实都类似。

一个平平淡淡的相遇，我以为他也只是一个过客，像大多数人一样，匆匆地来，又匆匆地去。如果真的只是那样的话，也不会发生那么多事了。后来，放假，回家。每天在网络上消磨着时间，在聊天室里虚度着光阴。那段时间是最迷恋聊天的时候，而他也是放假在家无所事事，于是我们的相遇也是偶然中的必然。

我们虽然彼此没有相约，但每天都会在网上相遇，聊很多开心与不开心的事。大家彼此欢笑着，只为了那些开心的事；大家彼此烦恼着，也只为了那些琐碎的小事。

快临近开学的时候，我突然想起还有一篇论文没写，当时就慌了，想起杜斌，他自诩是未来的大作家，不行让他帮帮我吧！我试探着在微博上给他留言："帅哥，我有篇论文没写，你能帮我救急吗？"

"救急也可以，但你得答应我一个条件。"

"条件？只要不违背法律和道德，我想我可以考虑。"

"成交。"

他真的按时完成了论文，并且发到了我的邮箱里。我当时感觉很兴奋，他的论文写得文采飞扬，几乎达到了发表的程度。看完文章后，我给他打了电话，也许我们都是内向的人，电话里很多时候都是沉默，应了那首歌——《沉默是金》。我对他说了谢谢，说有机会请他吃饭。

他说别忘了，你还欠我一个条件。我让他赶紧提，否则过期作废。他说这个条件就是做他的女朋友，我说你想得美。

再往后，我们依旧打电话，相约去上网，也算给无聊、枯燥的大学生活带来了一丝生气。有时我也会自行幻想，他会不会成为我的男朋友？我们就这样，平平淡淡的，聊着自己的心事，倾诉着自己的心情。

每次收到他在微博里说的那些暧昧的话，我都会兴奋好一阵，把他的字字句句反复揣摩。但是内向的我从不肯轻易松口，也从不轻易表明自己的心迹。我想如果那时我说喜欢他的话会怎样？没有如果，我们仍旧保持着朋友关系。因为我比他大两个月，有时我跟他开玩笑，要他做我的弟弟，可是他说什么都不肯。说多了他会生气，叫我以后不准这样说，还特别声明尤其见面的时候不准当面说。可是这终究是一个不可能实现的梦，如果我们在同一个城市的话，也许我们很早以前就见面了，也许还会发生许多许多或悲伤或喜悦的故事。但是现在什么都没有发生，因为我们没有见面，也因为我对自己没有信心，怕见了面后会失去这个朋友，所以我们只是网友，也只是朋友。

再以后，接了导师安排的活儿，每天都忙得天昏地暗的，与杜斌的联系渐渐少了。也许这时他也处在进退两难的抉择中，而我却无法也没心思去顾及。从那时起我们便淡了。他说，他懒懒的，电话不想打，信息也不想回。我没多说什么，因为有时候我心情不好也会这样，也会找一个方式来逃避。

寒假在家里，我还是照样上着我的网，期待能遇见他，也让我等到了。

他说他刚回来，还说他微博登录密码忘记了，现在只能QQ聊天了，那天下线后他给我打了电话，我们已经没有什么好说的了，最多的还是沉默，是时间冲淡了我们的友谊吧。

又是一年的新学期，回到学校，我继续过着忙忙碌碌而又枯燥无趣的日子。在一个平常的夜晚，我接到了杜斌的微博私信，原来他新开了一个微博，信中，杜斌告诉我，他有了女朋友，说不出当时是什么感觉。我回复私信衷心地祝福了他。也许正是因为我们之间什么都没有发生，所以才会这么平静；我又重提了有关要他做我弟弟的事，他竟没再犹豫，一口答应了，我很惊讶。我想有一部分原因是因为他有了女朋友，不想再与别人纠缠下去，也就很心甘情愿地遂了我的愿。

写到这里，故事也该结局了。这样的结局也许对我、对他都有好处，希望他更好地对待他的女友，会更珍惜他所得到的。

（于娟）

感谢微博

我辛酸无比地在微博里感慨："咱起早贪黑，每天夹着公文包，不停地走路、等车、挤车、赶时间，诚惶诚恐地接受招聘单位召见，像拍知识分子落难电影，每天弄得满面尘灰、两鬓苍苍，结果呢？连个水泡都没起！"朋友评论："别操之过急，面包会有的，一切都会好起来的！"

马上要过春节了，掐指一算，毕业已近半年，未免又要俗气地感叹一番时光如梭、日月蹉跎。

想起来，自己真的不是一个能够抵挡得住诱惑的人。大学还没毕业，我几乎没费什么劲儿就在省城南昌找到了一份做教师的工作，用父母平实的眼光看来，自然还算可以的了，当时尚且胸无大志的我也觉得如是。随后，无后顾之忧的我开始悠然自得地打发起了大四的剩余时光，用超脱的眼光看着上蹿下跳的兄弟姐妹们。

对于我们女生来说，做教师虽然过得是平淡生活，但还算合适。我一直认为也许是因为这一切来得太容易，未能让我像其他同学一样深切地体会到求职路上的艰辛，所以才不知道加倍珍惜吧！

远在深圳的好友小A在微博里艾特我："朋友，来深圳吧！这里是创业者的天堂！这里是年轻人的乐园！也许没有遍地的财富，但却处处都是机会！"我对深圳一向青睐有加，经过他这么一撺掇，真有些动心了。

但我也有些犹豫，毕竟咱们班大部分同学都在南昌，大家聚在一块儿，好歹也能有个照应，一旦到了深圳，人生地不熟的，一切可都全靠自力更生了。再者，一个女孩子家单独出门远行，父母也未必能够放得下心来。一时间，我犹豫了。然而更强烈的进取欲望在吞噬着我，想到深圳有着更广阔的发展空间，有着更优厚的工薪待遇，我终于坚定了信念——年轻就是财富，闯荡闯荡再说吧！

蠢蠢欲动的我很快就将那份教师工作抛在了脑后，第二个星期就踏上了远赴深圳的征程。

南昌——深圳，若光从字面表达上来看，似乎很简单，但我不得不承认，这是我人生中一个非常重要的转折点。

我满腔热情地来到深圳，迫不及待地问小A给自己安排了什么工作？他却笑着拿来一叠招聘启事，说："不骗骗你，金枝玉叶的你能下得了这个决心吗？带简历来了吗？明天是深圳市一年一度最大的人才交流大会，你条件那么优秀，还担心找不到工作？"

我无语以对，心中有点儿怅怅然，从头开始总让人觉得痛苦至极。想到自己最先有了签约意向，如今却要在别人已经开始朝九晚五之际重新开始拼搏争斗，不禁有点儿担心，我能找到更好的工作吗？但朋友的话却让我充满了信心和憧憬。再怎么说，本小姐也算是秀外慧中，能唱会跳，爱好广泛，还有一些时不时发表的豆腐块做辅证，怎么着也不能甘落人后啊！

既来之则安之，以我倔强的性格，断不会再原路折返。

第二天的人才交流会开得轰轰烈烈，我被众多的招聘广告看花了眼，也被他们提出的种种条件弄得云里雾里，但心情还算不错，因为深圳的招聘活动跟南昌有着迥然不同，让我觉得十分的新鲜而好奇。而且我太想了解自己的"价值"了，便不再理会朋友的劝告，见摊位就上。招聘者个个笑容满面，态度和蔼可亲，似乎对我十分满意，还说如果有消息的话，会在一个星期之内及时通知我的。

随后的日子，我一直处于一种十分亢奋的状态，乐此不疲地出入各种人才市场，被各种公司肯定着或否定着，也肯定着或否定着他们。

几天之后，陆陆续续地有了一些消息，但总的感觉是"有心栽花花不开，无心插柳柳成荫"，有几家我不想去的单位，竟然给我发来了录用通知，而我真心关注的公司，大多却是杳无音信。

一时间，我的处境有些尴尬，忍不住嘀咕：莫非本小姐在深圳不值钱，所以才没人看上？我觉得有些不妙，甚至怀疑这次深圳之行的正确性。仔细一想，如果真是这样的话，那我可就惨啦，若是到了9月还未"嫁"出去的话，再回南昌被人耻笑不说，恐怕还要沦落到待业青年的悲惨地步呢！到时候可真没脸见人了。

我辛酸无比地在微博里感慨：“这算哪回事？咱起早贪黑，每天夹着公文包，不停地走路、等车、挤车、赶时间，诚惶诚恐地接受招聘单位召见，像拍知识分子落难电影，每天弄得满面尘灰、两鬓苍苍，结果呢？连个水泡都没起！”

朋友评论：“别操之过急，听我的，姐们儿！面包会有的，一切都会好起来的！”

都到这节骨眼上了，这家伙还说不用操之过急，我算是服了她了。

10天之后，我对这种疲于奔命的找工作方式彻底厌倦了，也对自己失去了最起码的信心，当时我就在微博上说，不管是什么单位，只要对方肯要我，我就先去试试再说，网友转发并评论：“没有原则”“自甘堕落”“饥不择食”……

我麻木的头脑哪还有心情跟他斗嘴呢？

可是我很快发现了一条评论，是一家外企官博给我留言，让我去他们公司面试。可是当初我并没有报这家公司呀？

抱着一种极其悲壮而又冷静的心情，我去了这家外企公司面试。经历过这么多的挫折之后，我已经不再奢望签约了，对于这一点，想来未免觉得有些可笑，求职的坎坷经历竟能让人麻木至此，难道求职不是为了就业，而是在追求中感受挫折？我想这话若是让他人知晓，非得骂我变态不可。

推开门，一个身着白色T恤和发白牛仔裤的香港人正坐在对面宽大的办公桌前看着我的简历——他低着头，高大的身躯挤在办公桌和沙发之间，在认认真真地用笔一个字一个字地勾画着。

他抬头对我说：“无意中看了你的微博，我想给你一个机会！”

原来是这样！看来微博还能在关键时刻帮我一把！

“有没有在外资企业做过？”他问我。

我以为又要遭拒了，心想真惨，第一句话交流完毕就意味着出局，今天出门前没给菩萨烧香还是怎么的？心里咯噔了一下，然而仍旧不死心，强作镇静地说：“我不认为一定要有外资工作经验才能做好某些企业的工作，关键在于，你给不给人家这种机会，毕竟经验是靠积累而成的……"

他惊奇地看着我，问："那你觉得外资跟内资有什么不同呢？"

我硬着头皮把自己在书中看到的和想象的以及国家对外资企业的一些优惠政策说了一通，他微笑着不置可否。奇怪的是，我们谈了将近两个小时，他始终没有纠正我回答中的错误，也没有像其他公司一样考核我的计算机和英语水平，我也不像以往面试时那样腼腆和紧张了。他告诉我，叫他Jake就好了。

第三天，这家公司的总经理打电话说想见我一次，因为他听Jake夸我反应敏捷，各方面都很出色，虽然在某些方面暂时还不符合公司的要求，但相信经过系统训练，我一定能够胜任公司的工作，因此定的薪水比当初面试时议定的还高出了一些——月薪5000元人民币，并且真诚地希望我能早日上班。

人的一生，是多么奇妙啊，往往一瞬间，生活的轨迹就已改变，一个星期以前，我还想着，只要哪个单位给我月薪2500—3000元，我就可以勇敢"下嫁"，没想到一个星期之后却一下子跃居成为深圳这座城市里的小白领，心里未免有点儿小小的得意。

感谢微博！

（张婷）

不见，不散

回校之后，在微博上收到蘅儿的私信："我们就这样一直做网上的好恋人、好朋友吧，其实这样也挺好的！""我也是这么想的，就这样不见，不散！"

我奢侈地用大把大把的时间泡在网上直到泡烂为止，我的网友众多，多数都被我的豪气折服，但在我眼里，绝大部分网友只是过眼云烟，直到有一天，蘅儿的出现……

一天，蘅儿在微博里私信我："你为什么叫'蜘蛛'呢？"

"呵呵，俺在网上守株待兔寻找食物呢！"我回复。

"真幽默！那你逮到送上门的美食了吗？"

"虽说暂时还没有。但我始终坚信：姜太公钓鱼，愿者上钩！譬如说你的到来对我来说就是机会啊！"

"你这么自信？"

"嘿嘿！"

我们从此开始"交锋"，彼此印象还算不错，他称赞我幽默，我很给面子地说她淑女。隔空对上话后，就再也刹不住了。

半个月之后的某天晚上，我终于骗来了蘅儿的电话号码，心情忐忑地拨通了她们宿舍的电话。一个甜甜的声音在我的耳边响起："喂，你好！请问找谁？"

"请帮我叫一下蘅儿！"我有点儿不确定地说。

"我就是啊，你是蜘蛛吧，这个名字叫起来还真不顺口！"

"将就点吧同志！多叫叫就适应了。"

……

从那以后，我们经常互通电话，我曾经为了和她通电话，打得手机发烫，插着便携式充电器把自己弄得像个灯泡，痴痴地以为照亮了自己的人生。我和她说我的一切，快乐和不快乐，毫无遮掩，真诚得像个孩子，她的安慰也同样认真，我们互相支撑，相处得愉快而又融洽。

在我的再三恳求下，蘅儿才把她的“最新形象”从网上传了过来。照片上的她算不上十分漂亮，但却很有气质。

我故意问她：“该不会是从哪个网站找来糊弄我的吧？”

“你是嫌我不漂亮吧？我会骗你吗？”

“呵呵，我哪敢啊！小的已经把她设置成桌面了，这样我就可以天天对着你了！”

为了挽回一点儿面子，对于自己并不出众的外表，她也有合理的解释——女孩子长得太美或太丑都让人操心。感谢父母为自己免去了这种与生俱来的烦恼，这样坐在卡拉OK厅才不会有莫名其妙的殷勤来打扰，走在大街上也不会有人朝自己飘来淫邪的目光，同伴既不会嫉妒更不至于同情自己。

虽说我和蘅儿在网上谈论的多是轻松话题，但也有例外的，譬如偶尔，我会将自己在杂志上发表出来的一些小文章通过网络传过去让她瞧瞧，嘴里说请多指教，内心却暗自得意。

蘅儿虽然不喜欢写作，平日却极喜欢看书，因此具有一定的鉴赏能力，每次读过我的得意之作之后，她总是喜欢对文章中存在的问题一一坦言相告。

有一次，我将已发表的一篇关于打工仔流浪深圳的文章传给她，她读了，说你的“酒”很醉人。就在我暗暗窃喜时，她突然话锋一转：只是文章太冗长，层次欠清晰，实乃美中不足也。一句话说得我如坠冰窖。

蘅儿就是这样的率真女孩。

那天我跟她聊天，谈到爱情、男人和女人的时候，她突然颇有感触地大发感慨：其实，男人都是骗子，好的骗子可以骗女人的一生，坏的骗子却只能骗女人一时，女人生来就是让男人骗的。然后她问我这句话是不是很经典，再接下来就问我是哪样的骗子？

我心里微微一乐，我自认为是个好骗子，当然不能这样对她说，不然她觉察到了，我不就白费苦功了。

我在微博里私信给她：我是个骗技不高的骗子，只能骗你一时，却不幸骗了自己一生。我想她又会因为这句话而感动好一阵子的。她很容易感动，常常为了我半真半假的话而放下了原来打死也不信男孩的话的铁石心肠。

她回复道：我真的有点儿感动了。

我的私信又过去了：我的话可以批发，你还要不要听？要不要再感动感动？

收到的答复共四个字："找打啊你！"

和她在一起，我的内心是快乐无比的。我想，那段时间如果没有她的话，恐怕我已经很厌世了，因为我的20岁活得很黯淡，女朋友弃我而去，朋友们背叛的背叛，远离的远离。学业无成，生活有债。也只有在与蘅儿随心所欲的玩笑中我才能浪漫而且快乐。或许，这就是网络的好处吧！

蘅儿曾经对我说过，在没见到我的相片之前，一直以为我是个很帅气的人，现在却把我的相片锁起来，还加了封印，并且还不许哪一天有个洪太尉把我放出来。她曾经对我说过：到目前为止，虽然我们并没有真实地接触，但我一直认为咱俩也许正因为不见所以不散。她还对我说，我要爱你半生半世，另外半生半世让你来爱我，只有这样，我们两人才能厮守一生一世。

蘅儿逼着我给她写信，我没有提笔写信的习惯。她说自己想收获情书了，所以我无论如何也得尽到自己的责任。给她写信是我最大的快乐却又是最大的耻辱。她的字很漂亮，我的字却有些甲骨文和大篆的"气质"，一般人是看不太明白的。她总是笑话我，说我写的字怎么像医师开的处方？

虽然嘴上不饶人，心里却是一次一次地被她感动着。

昨天又给她打电话，她忽然问我咱们是什么时候认识的？我掐指一算，真没想到，从相识到现在居然已快一年了！有这么长时间了吗？我的内心感慨万分。我说，蘅儿，我们是不是要真正见一次面？

"你别吓我！"蘅儿显得有些惶恐。

我说，我想和你结婚！说话的口气有点儿认真。接着，我趁火打劫地说，我都想好了，要是生个女孩子，就让她随你姓，叫芷儿，那是一种美丽的水草；如果再生个儿子的话，就跟我姓，干脆叫他小强吧！

蘅儿笑着，没好气地说，你没生过孩子，你就不知道女人的痛苦，你还想让别人生那么多？那口气，仿佛自己已身为人母似的。

我和她一直争吵到话费耗尽。

5月初，我因故需要到苏州一趟，当时，我头脑里冒出的第一个念头是——顺便见见蘅儿。到了苏州之后，我给蘅儿打了电话，表明自己想见他，要不以后就再也找不到这么好的机会了。她犹豫了一下，最终还是答应了我的请求。我们约了个时间见面：在一家百货公司门口。

那天外面下着雨，我早早地到了。对着来来去去的长发女孩大抛媚眼，搜索着蘅儿的影子，就这么等着。人来人往，我感到了孤独无助和害怕，我知道我是真的用心了，我面对的将是什么？如果她来到我面前，我能接受一个外表陌生的女孩对我的了解吗？我无法预知接下来会发生的一切。我拨通了蘅儿的手机，“你到了？”她问我，语气中有些紧张，

“是，很早就到了，在瞎逛。”

“我也是！”

“你在哪里？”我问她，接着开始四处张望，然而却没能发现蘅儿，商场分前后两面，也许她在后面吧！

“还是网上见吧，我有些事要走了，你再说个时间好不好？”她有些胆怯了？

“好吧，一切随缘！”

“嗯！”

其实，那一刻，我也有些想逃。

“找个黑色星期五吧！倒霉的时候见你比较好！”她的声音有些颤抖。

“好！”我笑了，猛吸了口烟，兜里装着第二天回程的火车票。

终于，我们没有见面，因为我怕，而她也一样。

回校之后，在微博上收到蘅儿的私信：“我们就这样一直做网上的好恋人、好朋友吧，其实这样也挺好的！”

“我也是这么想的，就这样不见，不散！”

（蜘蛛）

最熟悉的陌生人

我本来是不说粗话的，可在微博上你不痞里痞气的就找不到朋友。有时我也在想我真够可以的，连这些话都和她说。而她真纯，她说就是冲着微博上能看到这些真话才来的。

网络最大的好处是没有人知道我是谁，现实中的我并不前卫，也谈不上先锋，一旦连线网络，则胆大许多。课余时间，我常用手机上微博，或评论或转发，忙得不亦乐乎。通过微博我认识了云儿，她出自苏州，不用看，咱们苏州水乡出来的姑娘想来也差不到哪儿去。

认识云儿之后，我们在网上胡侃起来，天知道我们俩怎么会那般臭味相投，仿佛神交已久。我对她说今天我多喝了两杯，朋友请客我不好推辞。我还跟她说我最大的理想是出国留学，过一过海外生活……实际情况是，我压根儿就不会喝酒，至于出国留学，八字还没一撇呢，反正是理想嘛，说得不着边际点儿也无所谓的。她羡慕地赞叹我有理想、有追求，还说自己就不行了，心中从来就没有什么宏图大志，看来也只适合平淡生活了。

见她挺诚实，我也不好意思再胡咧咧了。我说我过去的学校叫“育才一中”，我真恨不得叫它“天才头痛”，成天到晚啃那些屁用没有的历史、物理、化学，让人烦得要死。我才懒得问苹果为什么不跳到天上，为什么要往地上砸；厕所里面的臭氧是由哪些元素组成的，这关我屁事……老师笑容满面地对我父母说：“这孩子虽然有点儿调皮，不过脑瓜子挺灵。”其实他巴不得我立马滚蛋，这样在他的课上就不会有人比他的声音大了。

她的信息回复得挺慢，她说她生来就不是上大学的料，可是在父母两双眼睛的监视下不得不装出一副不上大学誓不休的架势，其实这样活着特累。

听着她的心事，我有种真实的感觉，其实我们每个人都是这样走过来的。

我说：这些事真他妈的让人闹心。

她说：我也烦透了。

我本来是不说粗话的，可在微博上你不痞里痞气的就找不到朋友。有时我也在想我真够可以的，连这些话都和她说。而她真纯，她说就是冲着微博上能看到这些真话才来的。她对我说，她看过好多成人笑话，如果让她妈知道她看这些下流的东西非把她眼珠子抠出来当鞭炮踩不可！我被她搞笑的形容逗乐了。扪心自问，我到底喜不喜欢她？唉，有谁遇上她这样的女孩子会不喜欢呢？

那段时间，我们几乎什么都聊，人生、理想、笑话、友谊、爱情……一切的一切都可能成为我们谈论的话题。我曾对她说：没有爱人的时候，人就好比是漂亮的金鱼，友情就像水，离开了一刻都不能活；当爱情降临，立即乐呵呵地进化成两栖动物，好比青蛙王子，唱着情歌跳上岸去，陶醉地呼吸着爱情的氧气，全然将友谊抛在了脑后。

她说我深刻，这段话写得像诗歌，我笑笑，其实是从一本书上抄下来的，看把她美的。

有一天，我终于忍不住露出了庐山真面目。豁出胆量来，在微博里给她发了一条私信："云儿，你有男朋友吗？"

"你是说现在？现实生活中？"第二天，才收到她的回复。

"对！"

"我也不知道算不算有。我们高中时恋爱两年，如今因为相隔千里，早已分开，虽然说过分手，但我心里仍有些放不下他，你说这算不算有男朋友？"

"可以说算也可以说不算。那要看你拒不拒绝别的男孩的入侵了。"

"实话实说，我并不拒绝别人朝我投来观察的目光，我喜欢被人关注、被人爱的感觉。"

"那你已经将他忘得差不多了？"

"可以这么说。"

"最好是这样，那我不是有机会了吗？"

"那要看你的表现究竟如何了。"

"好，你就等着吧，我一定会好好努力的！"

我们就这样私信聊着。如果说，这次玩笑式的告白只是一次实质性的试探的话，那么很快我们之间的故事就拉开了大幕。她再也不拒绝我在网上说爱她了，而她也渐渐地习惯了有我的日子，习惯了跟我聊天，跟我说爱，跟我说心里话。

网上恋爱的神秘常使我们夜不能寐，几乎使我忘却了身边真实的人和生活，产生了一种幻觉，似乎身边每个人都是在网上情话绵绵的，由于双方互不见面，我们可以将自己所能想到的让人脸上发烫的情话吐个酣畅淋漓，甚至连生理方面的内容也偶有涉及，我们之间的交往带着神秘，又带着狂野和刺激。

网上的热恋已满足不了双方的渴求。我热切期待见到对方的庐山真面目，她说她也是，我们决定互传照片，以期一睹对方的风采。她对我说："我先看看你的照片，如果感觉还行的话，我可以见你！"

"嘿，那你可得看仔细了。"我暗自窃喜。看来本公子的运气不错啊！我甚至想象到了她看过照片之后约我见面的种种好事。

没想到云儿还挺讲信用的，她的照片很快就传过来了，我心情激动地打开，却当场惊呆，瘫软在电脑桌前，云儿竟然是她——那个我最熟悉的陌生人——我的初中同学，当年我曾深深地暗恋她，而她却并不知道，这是隐藏在我心里最美好的回忆，也是最美好的缘分。

我庆幸有网络为媒，让我和云儿相遇相知，开始一段花开灿烂的感情。

（朱宇）

心痛了无痕

过年后的一天上午，她在微博里突然没头没脑地私信给我："你有没有觉得自己很笨啊？"我只能用含糊的话来搪塞她："是啊！我一直都很笨！""是不是一个人失败了一次，就不该再去尝试。"她的回复很快。我忽然明白了雪儿的意思，但却不知该怎么回答她。

跟预料的一样，我考上了武汉的一所大学，雪儿却只能留在远方的那个小城里补习。我想给她写信，又担心会影响她学习，只能默默地用真诚的心祝福她一切顺利。她的生日到了，我按捺不住给她寄去了一张贺卡和一封信，鼓励她一定考到武汉来，那时我们一起去游湖。而她没有回信，这不奇怪，高三复读班压力太大，时间太少。

命运不会永远把痛苦投向同一个人。雪儿终于考上了大学，而且也到了武汉。我们都很高兴，周末经常凑到一起玩。每次，我都像一个经历过很多事情的老前辈一样，对她讲，注意哪些课程，吃什么价格的饭菜，而她总是很仔细地点头，很少说什么。

我的生日到了。和几个哥们儿在外面大吃一通回来，收到了雪儿让别人转交给我的生日礼物，是一本卡耐基的书，我的心暖暖的。几天后，为了表达谢意，我跑到她那里。晚饭后，我们一起在附近的一个公园散步。走在湖边，可以看到湖里我们依稀的影子，真像一对深情款款的爱侣。那天，我们聊了很多，她说起补习那一年的感受，也谈起我的那张贺卡和信。她说，根本没有想到会在生日那天收到我的信，感动得掉了泪。以后每当她被学习压得无法再坚持的时候，就拿出信来看一看，心情会好很多。我没想到那封信对她竟这么重要。

回去以后，我按捺不住激动的心情，给她写了一封信，信里表达了自己的感情。等待是非常漫长的，也是很矛盾的，盼望着回信，又害怕得到的是难以接受的结果。回信终于来了，虽然稳了稳心神才打开它，可是读过几行后，还是难过起来。她说，自己是一个很传统的女孩，现在谈这些似乎还早了一点，还说我应该能找到一个更好的女孩。它足以刺倒我，让我不敢再看这封信第二眼。为了挽回一点点面子，我给她回了一封信，表明自己只是昏了头，才会写出那封不该写的信，希望我们永远是最好的朋友。

以后我们开始互相躲避，来往少了很多，只有在有很多同学的聚会上才会遇见，好像只有这样才不会很尴尬。但每年生日的礼物没有中断，这份礼物是很简单的，却是最重要的，似乎盼着过生日就是为了得到这份礼物。

被雪儿拒绝后，我单恋起大学里的一个女生，她多才多艺，很多方面都比雪儿出色。因为上次失败的教训，我不敢再贸然去向她表达爱意，只是默默地在一旁注视她的一举一动，渐渐地，对这个女孩的思念占满了我的生活，而雪儿又回到了朋友的位置。长长的时间在短短的感觉中流过，我毕业了，留在武汉开始了研究生的学习生活，仍然暗恋着班里的那个女孩。

雪儿也快毕业了，她没有读研，因为家里的经济条件不太好，只好回到那个小城。她利用了很多关系才联系了两个单位可以接收，其中一家是国有企业，效益还算可以；另一家是审计事务所，规模很小。雪儿来找我，问我应该选哪家单位？我让她选自己喜欢的，而她一定要我帮她选一选。于是我给她分析了两个单位的优缺点，并分析了她的条件和性格，最后建议她选择那家国企——毕竟对于一个女孩子，安定的工作是很重要的，她像以前那样认真地点点头，回去了。

过年后的一天上午，她在微博里突然没头没脑地私信给我：“你有没有觉得自己很笨啊？”

我只能用含糊的话来搪塞她：“是啊！我一直都很笨！”

“是不是一个人失败了一次，就不该再去尝试。”她的回复很快。

我忽然明白了雪儿的意思，但却不知该怎么回答她，我不能告诉她，我不会再去尝试，因为我早就恋上了另一个女孩。

“你知道我为什么没去那家国企吗？”

“我不知道。”

“那天，听了你的话，和我想的一样，那里确实更适合我这样一个女孩。那家国企的人事处长对我也很满意，还让人领我去参观了一下厂区。回去的路上，父亲告诉我，那个处长跟他谈了一件事，他有一个儿子，比我大两三岁，现在还没有女朋友，希望我们好好交往。父亲说要征求我的意见。我想了很多，觉得这是在拿我的感情交换一份好的工作，实在太可悲了。”

我不知道该怎么回复。

“我想得更多的是，曾经有一个男孩向我表达了爱意，而我出于一个女孩复杂的心理考虑，委婉地回绝了他，当时为什么要这样，你不要问我，因为我也不知道为什么。其实在信里我并不是很坚决，本来还指望着能像电视剧里一样，男主角再写几封更热烈的信，不用几封，再有一封就会让我抛开一切念头。谁知等来的却是一封冷静得让人心寒的认错书。过去可能都是我的错，这次我又怎么能因为一份好工作，让已经失去了几次的我再次失去？”

我本来很坚决的心，一下子乱了起来，似乎全身的血管都纠缠在一起，思路随着血液再也流不动了。那天晚上，我失眠了，想了很多，却越想越乱，我为了一个暗恋的女孩，抛弃了一个我曾经爱过而且仍然爱我的女孩，应该吗？我不知道。

雪儿过生日的前一天，我鼓了很多次勇气，向暗恋的女孩表达了那段隐藏了很久的爱意。结果很可笑，女孩根本对我没有任何特殊的感觉，只是一个普通的同学罢了。我伤心极了，为什么我爱的人总是拒绝我的一片真情？向这段感情告别很不容易，再想想又觉得一阵轻松，一种解脱后的轻松。

又过了一周，几个初中的同学来我这里聚会，雪儿也来了，大家玩得很高兴。雪儿像以前一样很少说话，只是静静地看着每一个人。那天下了冬天的第一场雪。聚会结束出门时，天已经黑了，外面雪很大，踩在上面“咯吱”“咯吱”地响。读书时下雪，我们会高声喊叫着，抓起雪球互相追打，现在大家都已经长大了，有了不同的烦恼，再也不能那样天真无邪了。

我送大家离开，最后走的是雪儿。我们站在广告窗照亮的站台上，不知道该说什么，而雪儿眼睛望着公交车来的方向，一动也不动，也不知在想着什么。

我问一句：“你现在怎么样？”

她忽然用手捂住了嘴，向路边跑去，我听见了她的哭声。

我愣在那里，等我回过神来，她已经跑出了十几米，我赶快追了过去，从背后抓住她的肩膀，用力扳开她的身体，大声地问：“到底怎么了？”她用两只手蒙住了眼睛，眼泪顺着手指缝滑了下来。我惶惑极了，只是不停地问：“到底怎么了？你说呀！”“为什么？你为什么要哭？”

雪儿用手使劲擦了一下眼睛，盯着我，语调也提高了：“为什么？……你想知道吗？……我要结婚了。”

我立在那里，周围的一切都消失了，包括我自己，只有手里仍然用力抓着她的肩膀。

我松开了一下子变得无力的手，似乎明白了一切，嘴里却还在不停低声地问：“为什么？为什么？……”雪儿淡淡地笑了一下，这应该是冷笑吧，它足以让我的心结冰。

（肖陆）

第一次心痛

稳重的小娟，对我有着特殊的信任，她经常上我的微博，转发和评论我那些无病呻吟的慨叹，连我转发的那些关于足球的图文也一并接受。

……

陪你去看流星雨落在这地球上

让你的泪落在我肩膀

要你相信我的爱只肯为你勇敢

你会看见幸福的所在

……

很奇怪，每晚下自习和刘文景回寝室经过图书馆的时候，小娟和晶晶都会等在那里。小娟和晶晶是我们班的女生。晶晶特别调皮，整天嘻嘻哈哈的，和我们男生称兄道弟。而小娟与她的性格恰好相反，不太爱说话，留着这个季节这个城市随处可见的碎发，特别是笑的时候，那份童真、那份可爱让我很喜欢。稳重的小娟，对我有着特殊的信任，她经常上我的微博，转发和评论我那些无病呻吟的慨叹，连我转发的那些关于足球的图文也一并接受。

我认为上帝对她们俩有特殊的偏爱，让这对性格迥异的女孩成了一对好得不能再好的朋友，可我不知道她们为什么每天下自习后会在图书馆旁边等着我们。

一天晚自习后，我和刘文景经过图书馆时，晶晶跑过来拉着我，说要跟我讲一件事。刘文景便和小娟走到前面去了，我和晶晶在后面走着。“明天是星期六，下午放假你们想去干吗？”晶晶这样直截了当地问。“我们想利用明天休息时间，把寝室好好整理一下，免得班主任总在教室里说我们寝室差。”我一边望着小娟和刘文景在前面默默地走着，一边漫不经心地回答。晶晶突然说："那我和小娟明天去帮你们整理寝室怎么样？""那太好了！"我简直要跳起来。不知不觉我们已到了寝室门口，便向各自的寝室走去……

第二天上午放学后，刘文景说他下午有事，不能回寝室。我在回寝室的路上很远就看到小娟一个人站在我们寝室那栋楼的大门外。晶晶呢？难道她今天也是一个人吗？

我走到宿舍楼大门口，小娟朝我笑了笑，轻轻地问："我可以帮你们整理寝室吗？""当然可以，不过要先去看一下门卫在不在？（我们学校女生一般不准进男生寝室，当然男生也不准进女生寝室。）"值得庆幸的是门卫正好此时不在，我便和小娟光明正大地来到我们寝室里。

"其实，你们寝室并不像班主任在教室里说的那么差。"小娟一进寝室就说。

"真的？"我拿着平常跟晶晶说话的口气跟她说。

"是真的，咱们开始整理吧！"

于是，我们开始干了起来。小娟做事很仔细，就连我们男生从来不曾过问的床底下，她也帮我们打扫得一尘不染，拖得干干净净。我想她将来一定是一位贤妻良母。

我还在擦外面的窗台时，她已经把我们寝室整理得井井有条，现在看起来给人一种好温馨的感觉。

"陈文峰，我……"小娟明显是迟疑了一下才说，"这儿有张报纸，上面有条消息你能看一下吗？"

"等一会儿，我把窗台擦完了再说。"我边擦边抛出一句话。

小娟坐在我的床上把报纸翻得哗哗响，我听到她轻轻说："报纸上说今夜有流星雨。""什么？你刚才说什么？"我朝小娟这边跑来，突然我觉得眼前站着一个人，抬头一看是门卫。他正瞪眼看着小娟，我心里直喊糟糕，门卫肯定不会放过小娟的。还好，他只叫我跟他到门卫室去，我便叫小娟先走了。当我接受了一顿训斥回到寝室拿起她丢下的那张报纸时，真的看到了上面写着：今夜有狮子座流星雨，这是今年最大的第一场流星雨。刚才小娟的话还没说完，可是她还要对我说什么呢？

那一夜真的下起了流星雨，当一颗颗流星拖着长长的光束尾巴划落在寝室的窗外时，外面发出一阵阵的欢呼，后来听见有人叫我，是晶晶和刘文景，我问她们小娟来了吗？晶晶没说什么，说小娟有些话在网上跟我说了。

我打开手机，上QQ，登微博，在微博私信里收到两段小娟留给我的话。第一段是：当你看到这封信的时候，我已坐上了南下的列车了，因为我们全家都要去深圳，到那里开始新的生活，你知道吗？我一直很喜欢你，由于自己性格的原因，我不敢对你表白，但我真的很喜欢你。第二段是：你可能对我和晶晶的准时出现感到奇怪吧？那是我和晶晶刻意安排的。你还记得我为你留的那张报纸吗？昨晚，我得到我们全家要去深圳的消息，才下定决心去找你，如果你能答应我一起去看流星雨，我会为你而留下来，可惜……也许是我真的错过了你，我们永远是朋友，对吗？”

我的心在发抖，我错过了我心爱的女孩，我的眼泪下来了，我回复小娟：小娟，我也喜欢你啊！刘文景跑进来问我怎么了？我平静地对他说：“没什么，我们一起到寝室楼顶去看流星雨吧！”

看着空中划过的流星，楼下的许多同学唱起了F4的《流星雨》，隐隐约约的、忽远忽近“……陪你去看流星雨落在这地球上，让你的泪落在我肩膀；要你相信我的爱只肯为你勇敢，你会看见幸福的所在……”听着听着，我想起了小娟，便跟刘文景打了声招呼，一口气跑回了寝室。

（陈文锋）

博友坐在我前排

我呆住了，很快，有泪珠不断地涌出来，唐鹏说的那个女孩是我吧？因为我今天向他借笔了。我整整一夜没睡，一直在想着跟梧桐雨，哦，应该是给唐鹏发一私信，我想坦白关于彼此之间的一切……

那天在微博“可能感兴趣的人”里，看到一位叫“梧桐雨”的陌生人，跟我有9个间接关注，我迟疑了那么两秒钟，加了关注。随后，我们来回互动非常投机。从文学到音乐，从凄婉的李清照到另类的王菲，还有张爱玲，以及席琳·迪翁……我怀疑老天是不是早有安排，让我们相遇，让我们意趣相投、惺惺相惜。

在现实生活中，我是一个孤独而沉闷的人，平时沉默寡言。我也曾想过在现实中像别人一样投入地爱一次，然而深深的自卑感使我抬不起头来，谁会喜欢我这样的丑小鸭啊！只有网络是个不需要张口就能表达的世界，梧桐雨不仅知识丰富，而且是最好的倾听者与倾诉者。对于我的满腹牢骚，他从无讥讽之意，有时也会讲些身边的事情。他说班上有个特别奇怪的女孩，瘦瘦弱弱，沉默寡言的。整天趴在桌上发呆，或者听音乐，真叫人生气。

我回复：“人家做什么又不碍你事，再说了，她又不是你的什么人，你干吗要生气啊？”

梧桐雨回道：“看不惯罢了。那女孩非常傲，问她什么总装作没听见，逼急了就直直地盯着你，一双眸子仿佛能看到人心里。”

“糟了！你小子该不会对那女孩有意思了吧？”

梧桐雨有点儿不好意思，迟疑半晌才答：“大概有点儿吧！”

我笑梧桐雨为情痴狂，他笑我看不透。我感觉自己在网络上似乎变成了另外一个人——嬉笑怒骂，无所不能。和他在一起的时光快乐得连空气都荡漾着甜蜜的味道，让我暂时地忘记了烦恼。而从梧桐雨口里冒出的关于那女孩的话题也渐渐多了起来，看得出来，他真的很在乎那个女孩儿，他告诉我：那女孩某一天病恹恹的，某一天钢笔没水了宁愿用铅笔也不向别人借笔，还有一到音乐课她就去图书馆看书……

我心里隐隐有点儿pH<7的感觉。想到自己和梧桐雨那么亲密、那么要好，而他眼里却只有那个怪异清高的女孩，仿佛我不是女生！我让他描述一下自己的样子，他回道："这个，这个，还是不说了吧，我怕说了会让你失望！"

"不说，你就有事情做了。"

"什么事？"他给人一点白痴的感觉。

"满地找牙！"

"你还是饶过我吧！我坦白从宽还不行嘛！"

"说，否则'狗头铡'伺候！"

"准确地来说，本人分为硬件和软件两个部分，硬件还算不赖，身高一米七八，体重65公斤，浓眉大眼四方脸，玉树临风、潇洒倜傥……"

"得了吧，看把你吹得，我鸡皮疙瘩都快掉了一地了。那软件又是什么？"

"软件指的是，本人天资聪颖，虽然目前只是大二小混混，但也算得上是上知天文、下知地理啊！呵呵！"

看来，不打击打击这家伙，尾巴都要翘到天上去了。

"梧桐雨，那你觉得我怎么样？"我想知道自己留在他心目中的印象究竟如何。

"我觉得你是一个漂亮、顽皮而又可爱的女孩子，像你这样的女孩内心一定是孤傲的，因为你太理想化，所以你活得很累……"

梧桐雨猜中了我的心，却没有猜中我的形。这辈子，我是注定与美丽、温柔无缘，与淑女无分的了，我想了想回应道："也许是吧，但我的确不漂亮！"

"呵呵，上次有个网上MM也这么说自己来着，后来她给我的邮箱发了一张玉照，差点儿赶上林心如，吓得我舌头都缩不回去，自觉对方条件太高，于是赶紧Say bye— bye，这个游戏不对称，没法玩下去了！"

我对他说，你小子还够花的啊，我要你在网上只能有我一个，不准再在外面拈花惹草的！因为你这次"外遇"的缘故，本姑娘心情不爽，决定一个星这一切都归功于唐鹏。

课间，唐鹏突然转身问我一个什么问题。一脸灿烂的笑容，一对亮晶晶的眸子。可我盯着他，竟无语以对，他瞅瞅我发呆的样子，“唉”了一声走开了。

又过了一些日子。梧桐雨兴高采烈地回复我：“那个女孩今天上课向我借钢笔了！她轻拍我的肩，她的手好温柔啊，直到现在我的肩膀仿佛还热乎乎的，直往下塌。她的笑容多美啊。我却看呆了，虽然她不轻易笑，但我觉得仅这一个微笑就让她变得迷人了。我幸福地踢了一下午的球。你能感受到我的快乐吗？”

我呆住了，很快，有泪珠不断地涌出来，唐鹏说的那个女孩是我吧？因为我今天向他借笔了。我整整一夜没睡，一直在想着给梧桐雨，哦，应该是给唐鹏发一条私信，我想坦白关于彼此之间的一切……

第二天，我在网吧里给梧桐雨写了条私信：

> 如果我告诉你，蝴蝶就是坐在你身后的那位女孩，你会相信吗？
>
> 没错，我就是蝴蝶，我坐在你身后。原谅我，这些日子，一直没告诉你。
>
> 现在我才明白，原来我就是那个迷人的“小妖精”啊，然而，我只是一个普通得不能再普通的女孩，我们会有结果吗？
>
> ……
>
> Yours蝴蝶

邮件写得并不算长，却让我的心灵备受煎熬，发送完毕之后，我坐在电脑桌前，内心像被掏空了一样，只觉头脑里一片空白，就那样静静地发着呆。

（蝴蝶）

寂寞的微博

微博那头的她沉默了。我有一丝不好的预感，我感到自己的故事如同她的故事一样，最终将以悲剧收场。在我们身边总是重复发生着这样的故事，他爱她，她不爱他，她爱他，他爱着别人，上天似乎就爱与人作对，不给正确的人牵幸福的红线。

去年3月初，乍暖还寒的季节，我辞掉了工作，想休息一阵子，就像个幽灵似的在网络上游荡，看着一群同我一样寂寞的人在网络上嬉笑怒骂，看着他们演绎着爱恨情仇，空荡荡的心灵便有了一丝慰藉。

我和阿紫结识于微博，她在天津读大学，是个可爱有才的女孩子。认识她全无所谓的浪漫邂逅，只是在一个百无聊赖的下午，在微博可能感兴趣的人名单里发现了她，因为她写了好多关于金庸武侠小说的感悟，而我也很喜欢金庸，百无聊赖之余，就同她打起了招呼，并且跟她探讨起了段誉和虚竹练的都是逍遥派的上乘武功，而他们自己居然还不知道。

我寥寥几句勾起了她的兴趣，我们就聊起了金庸笔下的哪位大侠更有英雄气概，我认为是乔峰，阿紫说她觉得郭靖才是大智若愚的真英雄，我本想给她留个好印象，没想到我们头一次网上接触竟然斗起了嘴。最后，我们谁也不能说服谁，只能保留个人观点。

此后，隔三岔五的便在微博上碰到她，大家慢慢地熟稔，她给我的印象始终是温文尔雅、善解人意，全无《天龙八部》里那个阿紫的半点骄纵刁蛮、任性胡为。

4月时，春意懒懒倦倦的。和阿紫已经很熟悉了，很喜欢她，那个淡淡的从不张扬的女孩子，而且，总隐隐觉得她有一丝忧伤，而那忧伤，如丝般地牵着我的心灵。终于有一天，我忍不住在电话里问：“你为什么给自己取这样一个名字？”

下公交车后，我们往火车站走。那天风很大，扬乱了她的长发，我的心很痛，生怕风儿弄疼了她的发梢。我很想抚平她的长发，把她揽在怀里用自己的身体去为她挡风遮雨。可是，我不能，我只可以安安静静地站在那里，看着她笑。

我低下头，像个哥哥般轻轻地吻了她的额头，唇上的感觉冰凉凉的，眼睛里有了热辣辣的痛。她冲我微笑，说："保重，再联系！"

火车开动，她消失在我的视线里，我想，可能是永别。

我因寂寞而上网，因上网而认得她，因她而更加寂寞。当火车经过一座桥梁的时候，我望着远处广袤的长河发呆，我不明白，寂寞与流水，哪个更长？

（谭勋）

不期而至的幸福

一切如众多的爱情故事一样，我们从相遇到相知，再从相知到相恋，我们的结合是如此的完美，在微博时代，我经历了微博的爱情，是微博给我注入了新的血液。

我是一名大二的学生，刚刚20岁，对未来充满了期待。平时除了上课、睡觉，我和同学们做得最多的事情，就是看书、上网、看电影之类了。现今网络这么发达，谁在网上没几个聊得来的呢？

我和他就很聊得来，他今年28岁了，在北京一家博物馆陈列公司上班，是公司的骨干设计师，因为我是美术专业，跟他们所从事的领域很多有交叉，所以我对他的工作充满好奇，他在微博里经常转发行业动态，有的还发国外展览的视频短片，甚至展柜制作工艺流程的视频，我看后受益颇丰。

互相了解之后，他开玩笑地给我留言："徐悲鸿艺术学院油画系的高才生，什么时候给我勾勒一幅自画像吧！"

"谈不上高才生，呵呵，看你这么有诚意，我这一平方尺油画一万块钱的身价，就给你打个折吧！"我笑着回复。

"别太贵了，我没钱的。"

"我开玩笑的。给我发张最帅的照片，我给你画一张。"

就这样，我在微博上给自己揽了个学雷锋做好人好事的活儿。他真给我发了照片，我也真给他画了一张油画，并且给他快递过去了。他收到之后，在微博里表达对我的谢意，但是最后一句话让我觉得不太舒服，他说这张油画好小，而且没装裱。臭小子得寸进尺啊，谁有工夫给你画个博物馆挂的那样大的？那得废多少工料啊？还装裱哪？我给你钉个内框就算不错了，连外框都让我花钱给你弄，还有没有天理了？

他说自己不懂，得罪得罪。唉，这人，真是跟他没法儿生气。

虽然他比我大很多，但是我们几乎无话不说，我们之间没有什么代沟，有的只是那份默契和心心相印，我们的成长故事有着惊人的相似。在这一年中我们总会很巧合地“邂逅”，几乎会在同一时间上网，同一时间说你好，我们有着说不完的话题，有着关心不完的社会动态，什么卫星升空，日本首相解散议会……当然这其中也少不了彼此的感情问题，我们相互出谋划策，为对方排忧解难……一年了，我们谁都没有问过对方，我们是否可以在一起，直到有一天他对我说“我妈又给我找了女朋友，我也的确是太大了”时，我才感觉我们到了该见面的时候了。

相互间的沉默延续了很久，我们好像都在问自己同一个问题，我们什么时候才能见面，这份如一个世纪的沉默，让我感到了现实的残酷和等待的煎熬，我的心开始不住地颤抖，我全身的血液像是在凝结，让我感到窒息，一年中所发生的一切，在眼前一一滑过，一切就像在昨天，我们依靠着网络相互间传递着对彼此的关爱，没有甜言蜜语，没有海誓山盟，只是如小溪般地呵护，那一句句的问候，曾带给我多少欢乐，多少个无眠的夜晚是在他无声的问候中入眠，睡梦中我多少次想象着他的模样，我可以感觉得到他温柔的气息和诱人的体香，我已熟悉了梦中与他的相依，睡前与他聊天是我最大的快乐，我会伴着他的点点滴滴入眠……一切如往事，他曾多少次对我说，他妈在给他找女朋友，说是想抱孙子，而我也对他说，你是该找了。听我如此劝说，他总是一副生气的样子说我无情无意，还说我是他的军师，定要给他出个十全之策，而我也不知道自己哪儿来那么多的主意，一次次将他的女朋友赶走，他也总是会在这时高兴得像个孩子，这是我们最快乐的时光，而现在他却……

终于屏幕上又有了他的问候，“嘿，还在吗？”

我被他从往事中揪了回来：“啊，在啊！”

“那为什么不说话啊？”他问道。

“没什么的，你不是也没说话吗？还说我？”

“其实我是在想一件事。”

“是什么事，可以告诉我吗？”

“……”

“我们是不是朋友？”

“那当然，我们已经是一年的朋友了。”

“那我想问一下，我是否有幸能见一下我的朋友？”

我如被电触到，浑身动弹不得，激动与恐惧相互交叉，两个念头同时出现在脑海中，想见他是我一年中最大的愿望，而现实的真实性是否会把我们相隔在不同的世界，手指的僵硬让我打不出一个字母，我不知所措……

“你怎么了，为什么不说话？是我的话让你生气了吗？你是不是不想见我？”

他的咄咄逼问和一连串的问号让我心痛不已：“不，不是的！”

“那为什么不说话？”

“因为我……”

“好了，你不用解释……我想见你，好吗？”

“我不知道，我很矛盾！”

“好了，说说吧，你的想法。”

“知道吗？我是现实主义者，网络毕竟是虚拟的，这一年的网上生活我很快乐，但我也在时刻地提醒着自己。”

“你是不相信我，对吗？”他生气地问。

“不，不是不相信你，我是不相信网络。”我说。

“我知道，我也有这种想法的，所以我们要结束这种不真实，让现实说话，好吗？”

他的话让我平静了许多，是啊，既然不相信网络那为什么不结束它呢，可疑惑还是存在：“我们真的可以吗？”

“你不是一直都很有信心吗？为什么对我们的友谊这么不坚定？”

我知道他在融化我心中的冰：“你不要再问了，我已经没有思考能力了。”我不知该说什么好。

“你会没有思考能力？好了，别玩了，我相信你的，我真的很想见你。你想，我们在微博上交往了一年，又在同一座城市，却从没见过，是不是很遗憾？小傻瓜，说不定我们认识的。”

我被他逗乐了，说：“大傻瓜，不可能的，你的名字我只在网络上见过的。”

“好，好，好，我想见你。”

这一晚我失眠了，因为我答应与他见面，想象着他的样子。一年了，我们终于要相见了，我们要面对面地说话。我们在约定的地点相见了，当我看到他时，我知道我们会很幸福，他的样子和气味是那么的熟悉，是的，他就是我梦中的王子。

一切如众多爱情故事一样，我们从相遇到相知，再从相知到相恋，我们的结合是如此的完美，在微博时代，我经历了微博的爱情，是微博给我注入了新的血液。

（岑雪）